स्वप्न समय

स्वप्न समय

सविता सिंह

राधाकृष्ण प्रकाशन

ISBN : 978-81-8361-580-8

स्वप्न समय

पहला संस्करण : 2013
दूसरा संस्करण : 2025

मूल्य : ₹595

प्रकाशक
राधाकृष्ण प्रकाशन प्राइवेट लिमिटेड
जी-17, जगतपुरी, दिल्ली-110 051
शाखाएँ : अशोक राजपथ, साइंस कॉलेज के सामने, पटना-800 006
पहली मंजिल, दरबारी बिल्डिंग, महात्मा गांधी मार्ग, प्रयागराज-211 001
1, अनमोल सोराबजी संतुक लेन, धोबी तलाव, मरीन लाइंस, मुम्बई-400 002
वेबसाइट : www.radhakrishnaprakashan.com
ई-मेल : info@radhakrishnaprakashan.com

मुद्रक
विकास कंप्यूटर एंड प्रिंटर्स
ट्रॉनिका सिटी-201 102

SWPNA SAMAY
Poems by Savita Singh

प्रो. रणधीर सिंह के लिए

और ओस से भीगी रात
यानी फ्रैन्चेस्का न्यूमॉफ के लिए

स्वप्न समय

अनुक्रम

कौन वह

लो रात अपनी स्याही में लिपटी हुई अकेली
रिक्त अपने संपनों से आ गयी
ओस उस पर ढुलमुल होती हुई
एक काले गुलाब की पंखुरी पर जैसे
मुझ जैसी हो गयी

दुनिया के कई रहस्यों में से एक
ख़ुद को समझती हुई
मैं उसी की हो गयी

मगर कौन है यह सपनों सा दौड़ता हुआ
जो आता है
और मेरी काली देह में समा जाता है
कौन जो मेरी रातों को फिर से
हिला जाता है

किसकी नींद स्वप्न किसका

एक दिन छूट जाने वाली चीज़ें हैं
नदी पहाड़ प्रिय का साथ
प्रेम, हर तरह की याद
स्वप्न और उन्माद

और यह जीवन भी है जैसे अपना ही हाथ उलटा पड़ा हुआ
किसी पत्थर के नीचे
इसे सीधा करते रहने का यत्न ही जैसे सारा जीवन
तड़पना पत्थर की आत्मीयता के लिए ज्यूँ सदा
हल्के पाँव ही चलना श्रेयस्कर है इस धरती पर इसलिए

एक नींद की तरह है सब कुछ
नींद उचटी कि गायब हुआ
स्वप्न सा चलता यह यथार्थ

वैसे यह जानना कितना दिलचस्प होगा
किसकी नींद है यह
जिसका स्वप्न है यह संसार

चाँद और बादल

बादलों से उबरता है चाँद
स्वप्न जैसे नींद से
हवा में डोलती है हौले-हौले घास
और लो निकल आया पूरा का पूरा चाँद

ठंढी रात और उसके सफ़ेद पखेरू
कब से सहते आये हैं
सौंदर्य के ऐसे अतिक्रमण
मूक अवाक् खड़ी नदी तट पर मैं
ताकती हूँ आसमान

हौले से लगती है किनारे एक नाव
किसको जाना है अभी कहीं और मगर...

रात चूमती है

रात चूमती है उसको
बदहवास वह कुछ नहीं कहती
निर्वस्त्र उसकी आत्मा उसी की हुई जाती है
कोई भाषा नहीं वहाँ कि वह कुछ कहे भी
एक चुप्पी में सब कुछ होता चला जाता है

सुवासित भोर में चाँद-सा कोई
उसके कानों में साँस की
आवाज़-भर छोड़ जाता है
जागने की कोई विवशता नहीं
जागती है फिर भी वह जैसे चिड़िया
दर्ज करने विश्व में अपनी उपस्थिति

शाश्वत-सा फैला रहता है रात का जादू
समेटती ख़ुद को वह उसी में धँसी जाती है
हवा आती है सारी छुपी अतृप्तियों को
उजागर करती
जगाती किन वासनाओं को, आह!

ऐ हवा

आओ समा जाओ मुझमें हवा
खेलो मुझसे
देखूँ अपने चाँद, पहाड़, आकाश और चिड़िया

सँभालना मुझको
उमड़ी आती है भीतर सोन और गंडक नदियाँ
अंग-प्रत्यंग टूटता है जाने क्यों
बेमिल हो रही है चिरपरिचित भीतरी शालीनता
उठती हैं लहरें ये कौन सी
इतनी नयी

मिल जाओ मुझमें या कि
मिला लो ख़ुद में मुझे
एक वेग बना दो मुझे

जान सकूँगी मैं कितने
जंगलों कितनी नदियों को फिर
जिनमें सोती है रात
मेरी प्रिया

असर

नीले रंग और उसके असर में
अब कोई फ़र्क़ नहीं था
जो मेरा था वह नहीं था
एक देह थी गीली भीतर तक
आतंकित उस घटित से
जो घट कर भी नहीं घटा

क्या है जिसके लिए फिर भी
यूँ गिरती है देह अपने भीतर

स्वप्न और प्यास

किसी ने सुनी है वह साँस हवा की
जिसमें चलती रहती है प्यास जीवन की
पैदल कोई लड़की किसी सुनसान में जैसे

किसी ने देखा है वह नीला गाढ़ा अंधकार
स्वप्न के भीगे चुम्बन से जिसका रंग बदलता है

नीले का प्रिय

क्या कोई जानता है
कि रात का रंग सिर्फ़ काला नहीं होता
कई रातें बेशक काली होती हैं
गहरी बैंगनी मगर
जिनके नीले रेशों में होती है
मेरी देह भी

नीले रंग में होते हैं और कौन-कौन से रंग
किन रंगों में घुलते हैं और कौन रंग
कौन बचे रह जाते हैं फिर भी अकेले
बेलाग अलग-थलग
मिल जाने की सारी मंशा-ओ-मशक्क़त के बावजूद

वह कौन सा रंग है अकेला
नीले को प्रिय
क्या कोई जानता है

जब फैल चुकी है रात

जब फैल चुकी है रात
इस कोने से उस कोने तक
जब महक रहे हैं कटेली चम्पा के फूल
हवा में जब बाक़ी है प्रेम की तरह
अब भी कुछ नमी

देखूँ कौन उठता है लहरों की मानिंद
अंतर्नाद-सा भीतर
शांत हो ढक लेने के लिए
दुखते घावों को

देखूँ कौन साथ देता है इस बेला में
एकान्त के इस सम्मोहन में
जब रात उतार चुकी है अपने वसन

आघात

इस पहर एक आवाज़ आती है
अपनी ही साँस चलने की
इस पहर मेरे ही प्राणों के स्पंदन से
चलती है यह सृष्टि
इस पहर चीज़ों के यूँ होने का
मैं ही हूँ दुखद उद्गम

इसी पहर एक चिड़िया अपने घोंसले में
स्वप्न देख रही है
कि यह दुनिया सुन्दर हो रही है
एक स्त्री अपनी व्यथा को उतारकर
रख रही है एक तरफ़
चिरपरिचित अपने परिधान को
अपने लम्बे बालों को खोलकर दोबारा बाँध रही है
जैसे किसी तैयारी में हो
कहीं जाने की आतुरता हो उसमें
एक सादगी में जैसे वह उतरना चाहती हो
पार करना चाहती हो जैसे कोई नदी

वह पार उतर भी जाती है
जाती हुई दिखती है फिर उधर
जिधर प्रकृति है और हरीतिमा

नये परिधान उसके
जिनमें प्रसन्नचित्त वह प्रतीक्षा करती है
नये आघात की

नया एकान्त

आख़िरकार अपनी भाषा में हूँ सुकून से
मुझे खोजने आ सकते हैं मेरे प्रेमी
मैं मिलूँगी भी अब शायद उन्हें सजी-धजी
उनका स्वागत करती
अब मुझमें कोई संशय नहीं
न भीरुता पहले वाली
ज़रा भी रहस्यमय नहीं रहूँगी अब मैं
जैसे मैं थी जब नहीं समझती थी भाषा के तिलिस्म को
उसके विस्तार को

इस समय कितनी सहज हूँ मैं
साधारण कितनी साधारण
सचमुच जैसी मैं हूँ
अपनी कविता में जीवन की समझ की तरह
व्यथित-आनंदित एक राग की तरह ख़ुद को गाती
बेफ़िक्र जैसे कोई नदी
चुपचाप बहती किसी जंगल में

अपनी भाषा में फिर भी कितनी सबके साथ हूँ
बिना किसी द्वेष और स्पर्धा के
जो झिझक है थोड़ी-बहुत दूसरों को लेकर
वह कविता की ही है

वह ख़ुद उसे झाड़ लेगी जब वह नया समाज बना लेगी
इसका यक़ीन है भाषा को ही

मैं हूँ सुकून से जैसी पहले कभी न थी
आश्वस्त भी कि प्रेम पहचान लेगा इस नये एकान्त को

रेतीली सतह

मैंने देखा एक जीवन
अपनी याद छोड़ जाने की तरक़ीबों पर सोचता समाप्त हुआ
दूसरा उस पर पसरा
और भूलने के तरीक़ों पर सोचता सिर हिलाता रहा
जैसे याद करना और भूलना
जीवन और मृत्यु के समान ही हो
जिनकी अपनी अतृप्तियाँ हों और अपने उद्‌गार

मैंने देखा एक जीवन पूरा होते हुए
मुझे लगता रहा इसमें गुंजाइश थी
बहुत कुछ करने की जिससे वह पूर्ण हो सकता था

लेकिन मेरे देखने और समझने के इस दुख को
कोई जीवन क्यों अपनाये
ऐसी उदारता मेरी आँखों को कभी हासिल न हुई
न मस्तिष्क को मिली ऐसी आश्वस्ति
कि जिसे वह समझे जैसे
वैसे ही संसार समझे ख़ुद को

वैसे तो होना ही अपने आपमें एक दुख है
और न होना भी एक दुख ही
इन दोनों के बीच की स्थिति

आसक्ति है एक भूलभुलैया की तरह दिखती
ग़ायब होती

एक रेतीली सतह यह ज़िंदगी
जिस पर सच जैसी झूठ की एक दूसरी सख़्त परत पड़ी है

जैसी सृष्टि थी

चित्रकार स्वामीनाथन ने जब
पहाड़ पर बैठी एकाकी चिड़िया को बनाया
सृष्टि उस समय वैसी ही थी

वैसी ही तब भी
जब एक शेर ने एक हिरण को धर दबोचा
एक बहेलिये ने फाँसा रंग-बिरंगी चिड़ियों को
एक शिकारी ने भाला फेंका
एक बनैले सूअर पर

जब उसे आदिम मनुष्य ने अंकित किया
अपनी खोहों की प्राचीन दीवारों पर
जब एक कीट ने अपने पंख फैलाये
उड़ने के लिए
उसकी गुलाबी देह दिखी अपनी नश्वरता में काँपती

सृष्टि उस समय भी वैसी ही थी
अपने जीवों के उद्‌गार एवं संताप में

जिसे सिर्फ़ मैंने देखा

अजन्मी मछलियों का संसार

मैंने वह सब कुछ देख लिया था
जिसे देखने के लिए जैसे यह जीवन जिया था
फिर वहाँ मेरे लिए कुछ और न था
एक काली दीवार थी बेशक छाया जैसी
कभी-कभी दर्पण की तरह चमकीली होती
जिसमें हर बार मैं कुछ से कुछ दिखती

वहाँ कुछ और न था
न कोई सभ्यता
न शब्द
बार-बार लगता अब यहाँ से लौटकर
कैसे जीना संभव हो सकेगा
एक नया संसार ही आविष्कृत करना पड़ेगा
जैसे बोर्ख़ेज़ ने किया था
आँखों की रोशनी की रूमानियत भी वहाँ आख़िर क्या होगी
सोचो अगर उसके पास आँखें होतीं
यह संसार कितना भद्दा लगता उसे

अगर ऐसा न होता
संख्याओं और ज्यामितीय संरचनाओं के रहस्यों की तरफ़
वह कैसे जाता
कैसे बताता जहाँ संपूर्ण अंधकार है

वहाँ रक्त का एक ऐसा समुद्र है
जिसकी लहरों में ढेर सारी आकृतियाँ
उठती गिरती रहती हैं जन्म पाने के लिए
जिन्हें वह जानता है अपने भीतर बनती-बिगड़ती
सहानुभूतियों की तरह

मैं उदास हूँ
मेरे लौटने की ज़रूर कोई विवशता रही होगी
तभी मैं शब्दों और सभ्यताओं में लौटी
किताबों की अनगिनत पंक्तियों की तरफ़
जिन पर धूल जमती रहती है
और जिस दुनिया में फिर भी
और लिखने की बेवकूफ़ाना सनक
सब पर सवार रहती है

तभी बेबसी में मैं याद करती हूँ
पत्तों के लिए सबसे सुरक्षित जगह जंगल ही है
और किताबों के लिए पुरानी कोई लाइब्रेरी
वहीं जाकर मैं अपनी किताबें भी छिपा आऊँगी एक दिन
जैसे छिपाये हैं मैंने अपने प्रेम और दुख सपनों में

काश! मुक्ति इससे भी थोड़ी आसान होती
कोई ऐसी स्थिति होती
कि आक्रोश और अस्वीकृति बदल जाते सीधे नये यथार्थ में
जैसे रोशनी और शब्द बोर्खेज़ के यहाँ
तब्दील हो जाते हैं आँखों में
और जहाँ आँखें सिर्फ़ आकार होती हैं
वैसी आकृतियाँ या कि आयतन
समुद्र की लहरों के लिए वैसी मछलियाँ
जिनका अभी जन्म नहीं हुआ है

एक दृष्टि

मैं भटकती रही कुछ देर इधर-उधर
फिर सोचा लौटूँ किसी तरह उस जगह
जहाँ मैं थी
लेकिन वह जगह अब कहीं नहीं थी
न वे पेड़
न वह घास
न ही दूर से दिखते मकान
जिसमें लोग बसते थे
वह ढहता हुआ क़िला
जिसके भीतर अब भी शायद
कोई सामंत रहता था
सरकंडे के वे झुरमुट भी नहीं थे
सफ़ेद बालों की तरह जिनके फूल
समय की पहचान कराते थे

ऐसा लगता था मेरे सिवा
वहाँ सब कुछ बदल चुका था
सारा का सारा दृश्य
बची थी तो सिर्फ़ एक दृष्टि
जो विन्यस्त होना चाहती थी

बीच का इलाक़ा

अभी जहाँ हूँ
स्वप्न और यथार्थ के बीच का इलाक़ा है
जहाँ अपना होना ही विचलित करता है
जहाँ मेरे साथ एक किताब है जीवन की
और उसमें कुछ बाद के लिखे पन्ने

शायद थोड़ी हवा भी उड़ाती इनको
जैसे कई-कई जीवन हों एक साथ फड़फड़ाते

जहाँ हूँ दिखती हूँ ख़ुद को अदृश्य फिर
प्रकट होती हुई
उगती मिटती किसी महत्वाकांक्षा की तरह
गझिन होती उस कामना की तरह
जो चाहती है सर्वत्र सदाशयता
आश्वस्त हो जो सोच सके
क्या हो भाषा और यथार्थ का रिश्ता

हूँ
स्वप्न और यथार्थ के धूसर इलाक़े में
जहाँ से आस-पास का कम दिखता है
दूर का ज़्यादा
एक घाटी दिखती है जहाँ से और एक पठार भी

पृथ्वी के तमाम रंग जिसमें गड्डमड्ड हैं
एक स्त्री उधर जाती हुई याकि लाँघती कोई धुन्ध
दृष्टि ज्यों साफ़ करती हो ख़ुद को

जहाँ हूँ वहाँ से दूर से चमकता दिखता है
विशाल एक दर्पण
जिसमें दिखकर ही हो जा सकती है सम्भव
कोई एक नई सृष्टि
हो सकते हैं जिसके अपने और कई दर्पण!

जहाँ हूँ यथार्थ और स्वप्न के बीच
वहाँ कविता है
और उसका रुखड़ापन
कुछ पन्ने सादे
रात की स्याही जिन पर टपकेगी एक दिन

वह आयी सुबह-सुबह

सुबह-सुबह भोर से ज़रा पहले
एक कविता आयी थी मेरे पास
एक-एक शब्द था उसका कितना साफ़-साफ़
अपनी-अपनी जगह मोतियों-सा सजा
उसे देख पा रही थी मैं जाग नहीं पा रही थी मगर
नींद और आलस्य का एक पर्दा हमारे बीच था

एक आवाज़ फिर भी महसूस होती थी
सीटी-सी बजती हुई ख़ुद को मुझ पर घसीटती-सी
भेदती आयी होगी जो जाने किस शून्य को
किस अंतरिक्ष से चलती हुई
मुझसे कहने के लिए कि वह मेरी है, बहुत अपनी
उन रातों की तरह जो मेरे अस्तित्व की आख़िरी परतें हैं
कि वह नींद और जागरण के बीच विचरती है
खोजती हुई मुझ जैसों को
जिनके अस्तित्व का रहस्य उसके यूँ होने में छिपा है

जानना चाहूँ यदि मैं यह वह कहती है
जाना होगा मुझे नींद के उस तट पर
जहाँ स्वप्न की नदी बहती है
डूबना होगा उसमें मुझे गहरे उसके नीले जल में
पहुँचने उस संसार में जो मेरा है

मेरी लिखी जाने वाली कविताओं की छायाओं से श्यामल

मैं डूबने चल भी पड़ती हूँ
तभी जाने कहाँ से एक आँधी आती है
नींद खुल जाती है
ख़ुद को पाती हूँ फिर घिरी हुई एक उदास उजाले से
धब्बों से भरी एक ऐसी दुनिया से
जिसमें लोग अपरिचित लगते हैं
शब्द उजड़े हुए उखड़े-उखड़े इधर-उधर भटकते
अस्त-व्यस्त भाषा ज्यों हाथ बाँधे खड़ी हो

मायूस मैं तब अचरज से भर जाती हूँ
जब पाती हूँ एक कविता भीतर अब भी
जगी बैठी हुई है
जीवन की फटी चादर सिल रही है

अनाम लोक

मैंने उठायीं अपनी ही लिखी पंक्तियाँ
जिन्हें कभी लिखा था जब मैं एक दर्शन थी
सोचती हुई संसार की नियति पर
सोचती हुई भूलों पर मनुष्यता की

कितनी बेजान सी जान पड़ती थीं वे
सूखी किन्हीं टहनियों की तरह
फूली सिर्फ अपनी छालों में
जिससे पता चलता था
किन्हीं नदियों समुद्रों से होती हुई लौटी हैं वे
अपनी हड्डियों में कितनी चरमराई हुई मगर

इन्हें झाड़-पोंछकर मैं ले आयी अपने अध्ययन कक्ष में
अपनी किताबों के बीच फिर सजा दिया उन्हें
मगर यह क्या...
ये तो बदलने लगी हैं खुद किन्हीं रहस्यमय किताबों में
बटोरने ल़गी हैं दूसरी भाषाओं की अतृप्तियाँ
कितनी नरम अपनी संवेदना में
अपनी काया में किस क़दर मेरी तरह!

यह कैसे बताऊँ किसी को
कितनी अश्रुबूंदों को मैंने उठाया

समझकर कि वे मेरी पंक्तियाँ थीं
छूट गयी थीं जो अपनी भाषा से
जैसे मैं भटकती हुई अनाम लोकों में

उस बूढ़े कवि की तरह

मैं शायद कभी उस बूढ़े कवि की तरह
नहीं हो पाऊँगी
जो रूजेविच की तरह कविता में
पार्क में बेंच पर बैठा अपनी ऐनक ठीक करता है
अख़बार पढ़ता है
और ज़्यादा बोलने वालों को नापसंद करता है

शायद मुझे कभी भ्रम नहीं होगा
कि पार्क में दूसरी तरफ़
अपनी बेचारगी और बेबसी में लेटा
ललछौंही दाढ़ी वाला युवक
ईश्वर का पुत्र है
न मैं जाऊँगी उससे पूछने
'क्या तुम पीटर हो'

लेकिन उस कवि की तरह
मैं ज़रूर होना चाहूँगी
जो तारों को समझता है उनकी सतहों से ज़्यादा
उनके भीतर का जल और उसकी झाँइयाँ देखकर
ख़ुद पर निगाह डालता है

जैसे रूजेविच डालते हैं उस काले डालिये पर

जिसे पाला मार गया है
और घर के दरवाज़े को देखकर
याद करते हैं उसके अतीत को
जिसमें वह पेड़ था महावन का एक हिस्सा
एक बीज

मैं ज़रूर जानना चाहूँगी
तारे कैसे मरते हैं और क्यों
वृक्ष कैसे खोते हैं अपने वन
बच जाते हैं क्यों काटने और दरवाज़ा बनने के बाद भी
अस्तित्व के दाग़ उनके सुन्दर रेशे
चमकाया जाता है जिन्हें कुछ लोगों के सौन्दर्यबोध के लिए

हो सकता है कुछ दिनों बाद मैं
कविता ही ना लिखूँ
एक मामूली अंत ही हो इस जीवन का
शायद मरने के पहले मैं कुछ महत्त्वपूर्ण
न कर रही होऊँ
देख रही होऊँ सिर्फ अपने इस गड्डमड्ड संसार को

तुम्हें लिखना

मैं निकल आयी हूँ तुम्हारे साथ मेरी कविता
इतनी दूर अपनी परिचित दुनिया से
कि अब डरना भी अतार्किक लगता है
इसकी अपरिचित दुर्गमता से
और यहाँ तो हम साथ-साथ
देखते हैं उस विस्तार को जिसमें जीवन की नदी बहती है
जिसमें मृत्यु स्नान करती है अगला ग्रास ग्रहण करने से पहले

हम देख रहे हैं जैसे पहले कभी नहीं
एक होते हुए जीवन को मृत्यु से
देख रहे हैं अस्तित्व के इस बीहड़ में
विचरण करते कितने भिन्न लोगों को
जीवन के रहस्य जो जानते हैं
हटा चुके हैं ज्ञान के सारे जाल जो
औघड़ नियति जिनकी चेरी है
देवता जिनके दास
जो मिला सकते हैं इस लोक को दूसरे में
पैदा कर सकते हैं अचंभित करने वाले परिणाम

और स्वयं तुम
जब प्रसन्न होती हो देती हो
अनगिनत शब्दों के उपहार

अपनी उदार मुद्रा में अवधूत तुम स्वयं
आख़िर दिखा देती हो अपना चमकता अंधकार मुझको

बीहड़-बीहड़ गहन मेरी कविता
तुम निराकार जहाँ प्रकाश ही अंधकार है
अंधकार ही प्रकाश
जहाँ कोई और आकार बनता-बिगड़ता दिखता है
तुम्हारी ही भंगिमा से
ये आकाश ये चिड़ियाँ ये बालू के खेत
चाँदनी रात नदी मनुष्य और नाव
सारे प्रमाद ईर्ष्या द्वेष और हाहाकार

क्या लिखूँ यह देखने के बाद क्या कहूँ
क्या करूँ कि अब लौटना और भटकना एक सा हो
खोना और मिल जाना एक
तुम्हें लिखना इन्हीं को लिखना है
प्रवेश करने जैसा उस अंधकार में
ले ज़ाता है जो किसी अज्ञात प्रकाश की तरफ़

एक गरम नदी के किनारे खड़े होना लिखना है मेरी कविता
उस दृश्य को देखना
जहाँ अनभिज्ञता के शव आते हैं
अपनी मासूम मनुष्यता छोड़ने
पहनने कठोर ज्ञान के परिधान

तुम्हें लिखना बदल लेना है
इस जीवन को दूसरे जीवन से
एक स्वप्न को दूसरे से
या फिर इस जीवन को स्वप्न से

विचलन

यह कैसा अमूर्तन हो रहा
वह पुल जिस पर चलकर गयी थी एक दिन
धुँधली-सी स्मृति-भर है नदी की
पानी पर जैसे बस एक छाया

वह सपना जिसे देख चुकी थी सैकड़ों बार
काली रात में मिला बस एक काला रंग है
हिलता हुआ
वह प्यार जिसे जानती थी
अपनी साँसों की तरह
किसी और की कहानी लगती है
कोई दूर की दुर्घटना

यह क्या हो रहा है
क्या एक विचलन है यह
या सचमुच दृश्य बदल रहा है

सपने और तितलियाँ

एक लंबे सपने का यह छोटा हिस्सा है
इसमें मैं बेदम भाग रही हूँ
देखती हूँ एक घने जंगल में हूँ
पेड़ों पत्तों के बीच उन्हीं की तरह आश्वस्त
जंगल के जीवों के बीच निर्भय
उनके प्रलापों से अवगत
इधर-उधर घूमती पास की नदी तक जाती
बैठती किसी पुराने पत्थर पर

तभी आता है कोई घोड़े पर सवार
पास उतरता है मेरे
फिर कहता है ढूँढ़ता रहा है वह कई जन्मों से मुझे
कि मेरे पास उसके कुछ फल और नदियाँ हैं
कि वह भूखा और प्यासा है
पीने आया है अपने हिस्से का जल मुझमें

मैं हतप्रभ हूँ
वह नितांत अपरिचित
उसके चेहरे पर कोई कोमलता नहीं
समीप आने पर चेचक के दाग़ दिखते हैं उस पर
आँखों में कठोर प्रतिज्ञा मुझे पाने की
मुझे घबराया देख वह और दृढ़प्रतिज्ञ होता है

फिर कहता है उसके सहस्त्र पुत्र और पुत्रियाँ
मेरे पास हैं
कि इस बार वह मुझे खो नहीं सकता

सुनकर मैं पीछे हटती हूँ
सपने में भी आभास होता है
मेरा एकांत सदा के लिए नष्ट होने वाला है
तभी वह मेरी तरफ़ लपकता है
उसके हाथ उसके चेहरे से भी ज़्यादा सख़्त हैं
उसके पैर उसके घोड़े के पैरों की तरह ही
ऐसा लगता है कि वह ख़ुद भी एक घोड़ा है
उसके भीतर भी एक वेग है
एक सनक टापों के रौंदने की क्षमता से उपजी

मैं जान रही हूँ मेरे पास फल और नदियाँ हैं
लेकिन दुर्बल हैं मेरे पाँव
उसके पास वेग और सख़्ती है
पर भूख और प्यास भी
अचानक मैं दौड़ पड़ती हूँ
जाने कहाँ से पैदा होती है ऊर्जा
कहीं से हवाओं का वेग समा जाता है मुझमें
फिर लौटती हैं वे स्मृतियाँ भी
और मैं याद कर पाती हूँ
यह तो वही आखेट है जिसमें मेरी हार हुई थी
मारी गयी थी मैं इसी नदी के किनारे
इसी पत्थर पर पड़ी रही थी मेरी मृत देह
मेरी पुत्रियाँ और पुत्र छीने गये थे मुझसे
मेरी नदियाँ और फल लौट गये थे अनंत में

मैं बेतहाशा दौड़ रही हूँ

ऊपर आकाश में उड़ रही हूँ
पानी पर चल रही हूँ
मेरे लिए कहीं कोई बंधन नहीं
मैं कुछ भी मनचाहा कर पा रही हूँ
ऐसा लगता है चीज़ें इस बार दूसरी तरह घटित होंगी
वह मेरे पीछे-पीछे है घोड़े पर
थोड़ा सुस्त अब रह-रह कर दहाड़ता मगर
फिर बिलखता और सिर को पटकता
दिखाता अपने घाव और रक्तस्राव
और मैं भागती जाती हूँ
पेड़ों की फुनगियों पर पहुँच जाती हूँ
डालों पर झूलती हूँ
यह सब मुझे एक खेल-सा लग रहा है
तभी वह फेंकता है संशय के बीज हवा में
कहता है यह खेल नहीं क्रूरता है

याद करो हम कौन हैं—एक दूसरे के हिस्से
अलग कर दिए गये थे जो कई सदी पहले
याद करो जब मैं लौटा था मृत इसी घोड़े की पीठ पर
और तुम रोती रही थी मेरे लिए अकेली
जाने कितने वर्षों तक
ख़ाली आसमान और मैदान देखती हुई

तुम्हें याद नहीं आख़िर क्या हुआ था
कौन जीता था हारा था कौन
रक्त की एक उफनती नदी हमारे बीच थी
यह सच था और है भी शायद
यों सच थीं वे तितलियाँ भी
जो हमारे भीतर से निकलकर एक दूसरे तक जाती थीं
बैठती थीं हमारे माथों और होठों पर

बदल जाती थीं फिर चुंबनों में
हम भूल जाते थे रक्त की नदी और उसके हाहाकार को

याद करो   याद करो
और सचमुच याद आता है
कितना समय गुज़रा होगा
सचमुच कई-कई सदियाँ
मगर मेरा वर्तमान अब भी जैसे स्पंदित है
उन घटनाओं से
काँपती है अब भी साँस
आँखों में आँसू अब भी बचे हैं

आया था मेरे प्रिय को लेकर उसका घोड़ा
जिस पर औंधी उसकी मृत देह पड़ी थी
उसके प्रतिद्वंद्वियों ने षड्यंत्र कर युद्ध में उसे मारा था
प्रेम की यह परीक्षा थी
अब मुझे उसकी संपदा से अधिक
उसकी यादों की हिफ़ाज़त करनी थी
बिताने थे जीवन के बाक़ी वर्ष
देखते हुए उन ख़ाली मैदानों और खेतों को
जिनसे होकर आयी थी उसकी शांत देह

अब भी मारक आशंकाएँ
मन में जागती हैं
ज़िंदा अहसासों के मरने का ख़ौफ़ मन में
करवटें लेता है
कोई तितली मेरे पैरों के पास आ दम तोड़ती है
और मुझे तब किसी घोड़े की टाप सुनायी देती है
रक्त से लथपथ एक देह अपनी ही पीठ पर
महसूस होती है

एक गरम दोपहर जैसे भीतर शुरू हो जाती है

कितना कुछ होता रहता है सतत एक सपने
और यथार्थ के बीच
प्रेम के भीतर कितनी मृत्यु कितना दुख
बेआवाज़ उपस्थित होता रहता है...

मगर कैसे जानूँ मैं
कि जो यूँ बचा हुआ है याद में और जो है सपने में डराता मुझे
एक ही है
कि सख़्त हाथों और चेहरे वाला यह शख़्स ही
था मेरा प्रिय
कि यही वह घोड़ा था जिस पर मृत्यु आयी तब
जैसे आज मेरे लिए
कि जो जानता था तितलियों का रहस्य
वही हिस्सा था उस तिलिस्म का जिसे प्रेम कहते हैं
जिसके बीचों-बीच आज भी रक्त की नदी बहती है...
...
और फिर आज...
कितना अजीब है सब कुछ
यह याद सपने और नींद के बीच का संसार
जिसमें फूल हैं
और सफ़ेद चाँद सीढ़ियाँ उतरता
धरती सिर्फ़ वाष्प है या कि धुंध का कोई गोला
कुछ लोग फिर भी दिखते कितने साफ़
अपनी मुद्राओं में गंभीर
भाषा में सचेत
मग्न कामकाज में
जैसे यह दुनिया उनके चलाये चलती हो
भरी हुई है जो फिर भी

अनगिनत तितलियों से
उड़ती हैं परिचित शैलियों में जो
महसूस होतीं उन चुंबनों की तरह
टिके हैं जो अब भी देह पर
सदियों से सँजोये गये उनके रंगों की तरह ही

और आश्चर्य कि वह भी आता दिखता है इसी में
जिसकी ये तितलियाँ हैं
मृत उन्हीं की तरह
फिर भी कितना सजीव, आह!
लगता है जैसे यह सपने का हिस्सा नहीं
स्मृति का ही विस्तार हो

...
लगता है जब सरल हुआ सब कुछ
आया सपनों के बाहर का वह ख़ाली मैदान
जहाँ कोई घोड़ा नहीं न कोई रक्त से लथपथ देह
तभी प्रवेश करता है वह माथे पर बिठाये रंग-बिरंगी तितलियाँ

आता है कोई प्रिय कवि भी जाने कहाँ से
थामे अपनी बहन के दो निष्पाप कटे हाथ
जो किसी स्त्री के प्रेम की ख़ातिर थे
आता है बोर्ख़ेज़ की कहानी का एक पात्र
लिये वह जादुई किताब
जिसके पन्ने एक बार पढ़े जाने के बाद
दुबारा नहीं मिलते

आता है धीरे-धीरे लौटकर
फिर सारा दुख सारा पश्चाताप
जिनसे मेरी दुनिया तब भी जीवन्त थी

सिर्फ़ उसमें तितलियाँ चुंबनों की तरह नहीं
यातनाओं में शामिल हमशक्लों की तरह थीं
और प्रेम के लिए अस्तित्व ख़तरों में था

बोर्ख़ेज़ की किताब नहीं थी बेशक
खोयी चीज़ों का शोक था
और तलाश उस सपने की
जिसमें कोई भी पन्ना अपनी किताब में
दुबारा लौट सकता था

अक्षर

आख़िर मैं लौट गयी
उस किताब में
जिसका मैं पन्ना थी
अंत तक प्रतीक्षा की
अंत तक पेड़ कहते रहे
तुम आ रहे हो
अंत तक जंगल तुम्हें पुकारता रहा
एक चिड़िया अंत तक कहती रही
अभी लौट जाओ
एक दिन तुम्हें पढ़ने कोई अवश्य आयेगा
अभी तुम अक्षरों बिम्बों ध्वनियों में रहो
अभी तुम्हारा अर्थ खुल नहीं पायेगा
तुम्हें समझनेवालों में अभी
सबसे कम नुक़सानदेह किताब ही है
लौट जाओ उसी में चुपचाप
बेआवाज़ जाकर लग जाओ अपनी जगह

अंत अंत तक
यह मानने की इच्छा नहीं थी
लौटने की निष्ठुर विवशता थी मगर
और अक्षर तो मैं थी ही
रूखे एक पन्ने पर कब से टिकी

जैसे ख़ुद वीरानी

आख़िर मैं बढ़ी झिझकती हुई
उस स्वीकार की तरफ़
जिसमें आहट थी प्रेम की
और एक दीर्घ प्रतीक्षा टकटकी लगाये

एक हॉलनुमा कमरा
पर्दे बिस्तर तकिये ताकते ज्यों शून्य में
गुन-धुन में थिराई एक देह

प्रेम घटित होने की उत्सुकता में
थरथराता एक संसार था
उसी स्वीकार पर टिका
गुलाब का कोई पौधा इंतज़ार करता
ज्यों अपनी मधुमक्खियों का

और हवा थी कि बार-बार
धूल उड़ाती हुई गुज़रती
पहले से अधिक वेगवती
सब कुछ अस्त-व्यस्त कर देने को आतुर

एक आहट फिर भी भीतर सुनायी पड़ती थी
मंद-मंद एक स्थिति जैसे अपनी ही धड़कन की

एक स्पंदन भीतर तक तरंगित
तभी एक दरवाज़ा खुला
दिखी वीरान-सी एक घाटी
एक रात जिस पर झुकी थी
अकेली हवा जिसमें टहलती थी

अनायास मैं उसमें दाख़िल हो गयी
सोचती हुई क्या कोई हृदय ऐसा भी होता है
घाटियों पठारों वाला
जहाँ रात झन-झन बजती है
जैसे ख़ुद वीरानी

उस तारे-सी

लाना मेरे लिए ख़ुद को
जैसे चिड़िया लाती है तिनका सँभाल कर

एक तारा लाना
अनजाने हर रात जो तुम्हारे बिस्तर में आता है
तुम्हारी नींद में शामिल होने
तुम्हारे जागते ही मगर
ग़ायब हो जाता है जो
कि ख़लल न पड़े
तुम्हारे दूसरे प्रेम में

यह दुनिया भरी पड़ी है कितने ही सौन्दर्य से
उतनी ही कुरूपताओं से
सोचती हूँ कौन-सी सुंदर चीज़ें हैं
तुम्हारी पसंद की
चाहती हूँ उनमें ही रहना
उस तारे-सी
जो अपनी अनुपस्थिति में
शामिल रहता है तुम्हारी चर्या में सदा

रात्रि प्रहरी

अपनी आत्मा के एक अंश सा
सौंपती हूँ तुम्हें ये सारे शब्द
जो मुझ तक आए अपनी नश्वरता में

तुम्हें सौंपती हूँ अपनी सारी विह्वलता
जो उमड़ी मुझमें उस नदी की तरह
जिसने देखा अपने तटों पर शब्दों को अस्त होते हुए

उस रूखे ज्ञान का मर्मर तुम्हें सौंपती हूँ
सम्मिलित हवा में जो बहता है
मेरे अस्तित्व में अब तक

तुम जानोगे एक दिन
कैसी है मुक्ति की मेरी उत्कट अभिलाषा
सब कुछ कितना रंगहीन है आस-पास
जब जानोगे

हो एक धूसर रात्रि प्रहरी तुम
जिसका इंतज़ार करती है भोर सदा
तुम जानोगे
जब वह सौंपेगी तुम्हें
अपनी संपूर्ण कालिमा

समय के आईने में

चली जाती हूँ
आँधी-सी उस हवा में ऐसे
जैसे जानती हूँ उसकी भीतरी अहिंसा
जानती हूँ वह आकर थमेगी मुझमें ही
भर देगी जाने कैसी-कैसी अतृप्तियों से फिर
अधीर होने पर सुला देगी
मेरे ही सपनों की बाँहों में आख़िर

चली जाती हूँ
उन घाटियों में भटकने
जहाँ क़तई उम्मीद नहीं है उससे मिलने की
मेरी कल्पना ने जिसे चुना है
जाती हूँ लौटने हर बार नये सिरे से
उन्हीं अक्षरों के बीच
जिनसे मिलती जुलती हूँ
मिलती जुलती हैं जो कितनी उन बिम्बों से फिर
जिनके अर्थ छिपे रहते हैं
उजागर होकर भी

तभी तो समा जाती हूँ निःस्वर
समय के आईने में हर रात
जहाँ संचित है वह आलिंगन

या कि बिम्ब उसका
जिसमें है वह
और उसकी उत्तप्त बाँहें

किसी और हृदय में

मैं गयी तो थी उस रोज़
तुम्हारे भीतर
तुम टहल रहे थे
और तुमसे लिपटती हुई थी हवा

मैं खड़ी देखती रही
तुम्हारी सिहरती निर्वस्त्र देह

मैं प्रतीक्षा करती रही
तुम्हारे सँभलने और लौटने की
एक और सुख की तरफ़
तुम पीले पड़ गये थे
और बस गिरने ही वाले थे
मैं तब भी खड़ी रही
थामने के लिए तुम्हें
लेकिन मैंने देखा
तभी आया तुम्हारा क्रीतदास
तुमसे भी अधिक पीला
और समा गया तुममें

तुम्हारा पौरुष कितना सँभला हुआ था
मैंने जाना

ख़ुद को फिर सँभालती हुई
किसी तरह आयी बाहर

यहाँ भी वैसा ही दृश्य था पसरा हुआ
जिससे निकलकर जा रही थीं
दूसरी स्त्रियाँ मेरी तरह ही
किसी और दृश्य में

रक्त प्रेम का

मैंने अलग कर लिया था ख़ुद को
तभी जब समझ गयी थी
करने पड़ेंगे कई पाप
पुण्य की तरह ही उसे पाने के लिए
जो मेरा इंतज़ार करता है
मेरे ही भीतर बैठकर

चली गयी थी
उन विधवाओं के पास
जिन्हें संभोग वर्जित है
जिनके रेशमी स्तनों पर
नहीं पड़ता बाहर का कोई प्रकाश

मैं लौट सकने की हालत में नहीं थी वर्षों
मैंने काट लिये थे अपने हाथ
जिनसे स्पर्श कर सकती उस हृदय का
जिसमें मेरे लिए उद्दाम वासना थी

मेरी आँखों पर पड़े रहे
जाने कब तक
वे अजीब फूल
जो आँखों की ही तरह थे

उनसे रक्त टपकता था प्रेम का
जो फूल की तरह ही था

मैं अब भी चाहती हूँ उस तारे को
जो मेरी तरह है

सफ़ेद पंख

जाओ उन्हीं आलिंगनों में
जो तुम्हारे थे
उड़ेल दिया था जिनमें तुमने
सारा प्रेम अपना

जाओ अब तक वहीं पड़ा है वह चुंबन
जिसे छोड़ गयी थी लाल आँखों वाली चिड़िया

उठा लाओ वह सफ़ेद पंख
जिसे गिरा गयी थी वह किसी और के लिए

ग्रीष्म तक

अब मैं तुम्हें मिल नहीं पाऊँगी
अब मैं लौट गयी हूँ उन्हीं पत्तों में
जिनकी मैं हरियाली थी
उन्हीं हवाओं में जिनकी थी मैं गति

मैं लौट गयी चिरपरिचित उसी अरण्य में
जहाँ मैं सुनती रही थी अब तक
दूसरे जीवों के जीवन-राग
विशद आलाप
देखती रही हूँ उनके जन्म
उनके अवसान

अब मैं तुम्हें नहीं मिल सकूँगी
बन गयी हूँ दोबारा वह कोयल
रोके रखती है जो अपनी आवाज़
ग्रीष्म तक

बचा हुआ धीरज

एक चमक आसमान में घुमड़ती बादलों सी
देह में नहीं बची थी कोई कृतज्ञता किसी स्पर्श की
फिर भी घिरी रही जाने कैसे सुख में चुपचाप
जिसे सिर्फ़ वर्षा जानती थी
गिरती थी जो नदियों पर तृप्ति की तरह

एक धीरज भीतर किसी तरह बचा था
काली रात की एक तह सा
उसी से काम चलता रहा
रात गुज़रते ही दिन के उजाले में
धोया मैंने अपना चेहरा झाड़ी देह अपनी
ख़ुद को सीधा किया
एक काँटे सी फिर उग गयी एक टहनी पर
एक गुलाब जिस पर खिला रहा

एक तड़प आसमान में घुमड़ती रही बादलों सी
एक तृप्ति बरसती रही भीतर की नदी पर
मैं समझ रही थी मैं सफल हुई थी
अगली कई रातों के लिए सुरक्षित
विचलन की असह्य वेदना से बची हुई
पता था सुख में शामिल रहेगा एक दुख निरन्तर
सहनीय तब भी रहेगा यह सब कुछ

कितने बरस फिर यूँ ही बीते
बिसबिसाती आत्मा रही यूँ ही फिर लगातार
जाने कितने बरस

तभी समा गयी फिर से एक अधीरता प्रेम पाने की
फिर से सब कुछ अस्त-व्यस्त हो गया
ग़र्क़ काले रंग में बादलों के
चाँद की तरह उजागर हुई एक नयी तड़प
धरती आसमान एक करती हुई

एक तड़प काँपती रही
भीतर का धीरज जिसे
रात की तह में तह करता रहा

नयी आवाज़ें

सुबह से ही बारिश हो रही है

कभी टप-टप कभी टिप-टिप

सुबह से ही एक आवाज़
ख़ुद को बदल रही है
सुनते हुए भीतर तक उतारते हुए
सह रही है उसे कोई रिक्तता

सुबह से जैसे सह रही है कोई लता
चौड़े गोल पत्तों वाली
बारिश की बूँदों के तेज़
कभी धीमे प्रहार
वही लता जिसमें उमस के उबाऊ दिनों में
खिलते हैं चटख़ बैंगनी फूल
जिसमें कितने ही लाल-पीले कीट
बनाते हैं अपने आवास
और जिनके यूँ होने से बचा रहता है बहुत कुछ

जैसे यह ख़याल कि दाख़िल होगा कोई बरामदे में अभी
इस अनवरत बारिश में भी
झाड़ते हुए अपने कपड़े अपने बाल

छाते को बंद कर रखेगा एक तरफ़
फिर बढ़ेगा मेरी तरफ़
पाने मुझे

फिर टिप-टिप टप-टप
की आवाज़ें
बदल जायेंगी किन्हीं और आवाज़ों में
एक आवाज़ जो तंद्रा की होती है
आनंद की
पत्तों पर होते बूँदों के प्रहारों की

भूरी मनुष्यता

सब कुछ कितना भूरा-भूरा था
और वह बिल्ली जिसे हमेशा समझती थी सफ़ेद
जाने क्यों बिलकुल भूरी दिखी
उसकी आँखें मुझे चिढ़ाती सी
ज़रा भी नीली नहीं लगीं

आज का दिन भी कैसा बीता

वह जिसे लानी थीं मांदेलस्ताम की कविताएँ
ले आया सिर्फ़ उन्हें जिनमें वे याद करते हैं
अख़्मातोवा के दंश
जो तेईस साल बाद भी कम टीसते न थे
और वे चित्र जिनमें वे बूढ़े दिखते हैं
जैसे वे उनके नहीं
क़ैदख़ाने की यातनाओं के चित्र हों

अजीब दिन था
याद करके भी याद नहीं कर पायी
कब अपनी पहली कविता लिखी
कब आयी मेरे पास कोई डायरी
जिसमें अपना नाम मैंने पहले-पहल लिखा
कब मैंने पहली बार पसन्द किया किसी को

कब नकारा
कब किसी ने मुझे समझाया
भाषा ही संसार है
जिसे हम जितना जानते हैं
उतना ही नहीं भी
और इसके आगे का हर प्रयत्न
एक विफल उड़ान है मनुष्यता की

यह भी एक विचित्र बात है कि
यह सब याद करना
ख़ुद को याद दिलाने जैसा है
कि अपनी मनुष्यता भी कैसी भूरी-भूरी अनुभूति है
जिसमें हम ढूँढ़ते रहते हैं दूसरे रंग
जैसे बिल्ली की आँखों वाला नीला
या फिर सफ़ेद जो है तो इतना सामान्य
मगर कितना दुर्लभ

कैसा दिन था यह
जिसमें टिप-टिप बारिश थी
बदरंग आसमान
और सन्ताप उस दंश का
जिसे किसी ने किसी को दिया

कितनी ही बार

जो हम देखते हैं
कुछ हद तक रच चुके होते हैं पहले ही
जो कुछ छूते हैं हम वह छू चुका होता है हमें
जिनसे हम मिलते हैं
मिल चुके होते हैं सपनों में पहले कभी

कितनी ही बार वही करते हैं
कर चुके होते हैं जिसे कितनी ही बार

फिर भी हर यातना क्यों चमकती है
जैसे वह नयी हो
क्यों हर बार दुख हमें हतप्रभ करता है
क्यों अजनबी-अजनबी लगती है ख़ुशी
प्रेम क्यों इतना आह्लादित करता है

पैरों तले घास हवा में नमी
क्यों कौतूहल से भरती हैं यूँ

हंस और शागाल

आँखें बन्द हैं और गहरा अंधकार है चारों तरफ़
रात है सच्ची
जिसमें सपने जागते हैं चमकीले सच की तरह
जिसमें पूरा का पूरा जीवन है
यथार्थ की तरह निर्बाध खुला
और वह जो दिखता है आधी खुली आँखों
जब हर तरफ प्रकाश होता है
यह जानना भी कैसा सुखद आश्चर्य है
कि रोशनी छिपाती है चीज़ों को अक्सर
जबकि अंधकार खोल देता है सब कुछ
वे पर्दे भी जिनके पीछे से मृत्यु झाँकती है

कितनी ही बार मैंने अपनी मृत देह
पुराने घर के आँगन में पड़ी देखी है
उन लोगों में मैं भी शामिल हूँ
अपने को यूँ देखने में जो मेरे अपने हैं
यहाँ तक कि मुझे अपनी दिवंगता माँ भी दिखी है
विलाप करती हुई
और वह प्रेमी भी चुपचाप खड़ा
जो कभी नहीं कह सका कुछ भी जीते जी मुझसे

आँखें बंद हैं और रात है हर तरफ़

सच्ची रात मुझ जैसी ही
जिसमें जागता दिखता है एक स्वप्न
अपने पंख खोलता
जैसे वह कोई बड़ा पखेरू हो
जीवन को उड़ा ले जाने वाला
तभी उसमें अपने ही बनाये बकरे की शक्ल में
दिखते हैं शागाल भी
और सफ़ेद हंस जिस पर एक नवविवाहित युगल बैठा है
किसी विदा-संदेश की प्रतीक्षा में
जो आता नहीं दिखता

काँपता हुआ हंस ठहरा है जैसे जीवन ख़ुद
प्रेम की प्रतीक्षा में
और शागाल बकरे की शक्ल में
बोल नहीं पाते मनुष्यों की भाषा
अशक्त कह नहीं पाते...
सपने की तरह प्रेम को भी जीना है अपने अँधेरे में
जिसमें वह एक हंस होता है
ठहरा हुआ
थामे थरथराते यथार्थ को
उसकी वेदना में
मगर ख़ुश रहो दुस्साहसी लोगो
जो इसे फिर भी जीना चाहते हो

सुन्दर मृत्यु

सुन्दर मृत्यु
जैसे किसी चित्र का हिस्सा हो जाना
एक दृश्य का बढ़ कर समेट लेना दूसरे को
एक आलिंगन में थिर हो जाना देह का

सुन्दर मृत्यु
स्वप्न देखते स्वप्न हो जाना

चिरकाल तक रात हो जाना

भटकाव

मैं ही नहीं भटकती रही थी सच की खोज में
वह भी आया था मुझे खोजता
मैं ही विचलित हो देखने लगी थी दूसरी तरफ़
मुस्कुराता हुआ वह निकल गया था उधर
जिधर भटकना था फिर मुझे वर्षों

फ्रैन्चेस्का को पत्र

बहुत कुछ करने के लिए सोचती हूँ
पूरे दिन को मन में ही व्यवस्थित करती हूँ
आज यह पढ़ लेना है वह लिख लेना है
अधूरा पत्र पूरा कर लेना है
फ्रैन्चेस्का को जो पिछले सप्ताह ही भेज देना था
उसे ईमानदारी से मुझे बताना है
कैसी हूँ मैं सुखी या दुखी
उसे हमेशा यह अंदेशा रहता है
मैं उसे सच नहीं बताती
दुनिया भर की तमाम औरतों की तरह
अपना सच्चा हाल छिपाती हूँ
उमतक के मरने पर उसने अपने दुख का
सच्चा इज़हार अपने पत्र में किया था
उसका वह कुत्ता वाक़ई कुछ मनुष्यों से बेहतर था

फ्रैन्चेस्का के दुख में कहीं कोई झूठ नहीं होता
उसके सुख में भी सच चाँदी की तरह चमकता है
कभी-कभी मैं भी सोचती हूँ
ऐसा होने से शायद जीवन बेहतर होता
दुख भी कम घेरते
दिन अपने आप चार पहियों पर चलते

फ़्लू

बाहर तेज़ सर्दी है
बर्फ़ घुटनों से भी ऊपर है सड़कों पर
कोट के भीतर दबा रखी है पसंदीदा एक किताब
मन पर भारी है इस शहर की असहज आधुनिकता
लिखने की विवशता है टर्म समाप्त होने वाला है
शरीर टूट रहा है
आँखों में दौड़ रहा है दर्द का कोई घोड़ा
कनाडा का यह कोई लोकप्रिय फ़्लू है

बचने के लिए इससे कहाँ जाया जाये
हर जगह तेज़-तेज़ चलते हुए लोग हैं
या फिर बैठे अनगिनत कैफिटेरियाओं में
अकेले या अजनबी दोस्तों के साथ
कहने मन की बात
या फिर बैठने के लिए यूँ ही चुपचाप
शामिल होने हर बार नये ढंग से
बर्फ़ की इस दुनिया में
नहीं होने दाख़िल दूसरों के दुखते अकेलेपन में मगर

शैटगे : जहाँ ज़िन्दगी रिसती जाती है

वह शैटगे ही था
शहर के बाहर एक टापू
जिस पर बर्फ़ और हवा वैसी ही थी
जैसी शेरब्रुक पर
जहाँ पहली बार इस शहर को मैंने पाया था
यहीं मुझे एलीना मिली थी
सूजी आँखों वाली सुंदर एलीना

उसी ने मुझे बताया था
दुख के अपने आह्लाद हैं
जैसे उसका अपना एक जीवन
और जहाँ इतना दुख हो
और इतनी तरह का
बेहतर है उसी की तरफ़ हो लेना

एक समय बाद वैसे भी दुख दोस्त की तरह
हो जाते हैं
लगते हों भले पहाड़ जैसे
होते हैं वे हम जैसे ही
अपनी आँखों में सच्चे
दूसरों के लिए संदिग्ध
उनके बग़ैर भी ख़ालीपन महसूस होता है

बेचैन कर देने वाला अतार्किक सूखा
एक ख़तरनाक मासूमियत से भरी उन्मादी ऊब
कभी भी ठंडी हवाओं की तरह आकर
अंदर बैठ जाने वाली झुरझुरी पैदा करता

तभी देखो यह जानते हुए
कि किनके साथ सुखी रहा जा सकता था
मैं एरिक के पास गयी
उसके साथ घूमती रही वर्षों
उसकी धुँधुआती दुनिया में
जिसमें अनिश्चय कविता हशीश और
अनगिनत दूसरी औरतें थीं
कुछ भी नहीं मेरे लिए...
जो था वह दुख था
जिसे पाने के लिए ही
शायद मैं उस तक गयी थी

शैटगे जहाँ एलीना रहती थी...
वहाँ से थोड़ी दूर रेड इंडियन्स के
रिहायशी इलाक़े थे रेड इंडियन्स के रिज़र्व
यानी वे विशाल कारागार
जिनमें वे और उनके पोनी
एक दूसरे को जीते नष्ट हो रहे थे

'यहाँ भी क्या है' एलीना जैसे ख़ुद से पूछती हुई
कहती है 'दुख ही तो'
तभी तो मैं शैटगे आयी रहने
मेरी बग़ल में रहने वाली रोज़ भी शायद
इसीलिए यहाँ आयी हो
वह क्राइसलर के लिए काम करती है

आधी पागल आधी अकेलेपन के कारण रुग्ण
लेकिन उसी से मेरी बनती है
उसके पागलपन में जो सच्चाई है
वह कहीं और नहीं बच सकती थी
जैसे मनुष्यों से सच्चा प्यार करना
किसी ग़रीब के लिए फ़िक्र करना
अब पागलपन ही समझा जाता है

इसलिए शून्य से तीस डिग्री नीचे तापमान वाला यह टापू
उसे जलता हुआ दिखता है
इस कड़ाके की ठंड के बावजूद
वह नंगे पाँव बर्फ़ पर चलकर घर-घर जाती है
बौद्ध धर्म का प्रचार करती
शांति का उपदेश देती है–'दुख अवश्यंभावी है
जब तक आसक्ति है यानी यह संसार'

लोग उस पर दया कर अपने दरवाज़े खोलते हैं
कुछ पैसे और खाने पीने की चीज़ें थमा देते हैं
सोचकर वह भिक्षुणी है जिससे संसार छूट गया है
और वह भी सचमुच बौद्ध है
जो मिलता है स्वीकार करती है
फिर रेड इंडियन्स के रिज़र्व में जाकर
बाँट आती है
उनके बच्चों और मवेशियों से घंटों खेलती है
और हँसती है अपने इस संसार पर
जिसमें वह रहती है

अक्सर ये लोग भी उसे ख़ाली हाथ नहीं लौटाते
अपनी उदारता में प्रवीण
वे अक्सर उसे हाथ से बुने गरम मोज़े और

दस्ताने भेंट करते हैं
जिन्हें लाकर वह
हम जैसों के बीच फिर बाँट देती हैं
उनके सेब और नाशपाती जिन पर
उनके नाखूनों के निशान होते हैं
जैसे उन्हें टटोलकर ब्रह्मांड का रहस्य
जाना गया हो
ख़ासकर मुझे थमा जाती है

एक दिन एलीना मुझे ले गयी
शैटगे के ऐसे रेस्त्रां में
जहाँ उसका कहना है यहाँ की सबसे स्वादिष्ट
कॉफ़ी और गाजर की मफ़िन मिलती है
यहाँ एरिक भी आता है
अपनी कविताओं अनिश्चयों और औरतों के साथ
कभी कभी कोई बेहद सुंदर लड़की साथ होती है
जिसे देख लगता है सौंदर्य भी
दुख के उत्तुंग शिखर पर ही स्थित है
मृत्यु से बस छलाँग भर की दूरी पर

सब कुछ जानती हुई फिर क्यों बढ़ी
ख़ुद एलीना उस पर्वत की तरफ़ मैंने सोचा
जहाँ कविता और नश्वर देह
एक दूसरे से यूँ उलझे थे
तभी आँखों से वह इशारा करती है
देखो रेस्त्राँ के उस कोने में
कैसे प्रेम और मृत्यु एक दूसरे के सामने बैठे हैं
यानी रिज़वाना और एरिक

एरिक की अलसायी आँखों में सचमुच

एक ऐसा विराग तैर रहा था
जिसमें जीवन के लिए लापरवाही और तिरस्कार था
हवा बर्फ़ और उस सुंदर देह के लिए भी
जो ठीक उसके सामने थी उसमें मिल जाने को आतुर
पूरी तरह पराजित

लेकिन एक ठहरा हुआ धीरज
जैसे वह उसके धुआँ-धुआँ संसार में
हशीश से भी ज़्यादा विश्वसनीय सच्चाई का
इंतज़ार करता हो
मगर किसका?
एलीना जैसे अपने होठों से नहीं
डबडबाई आँखों से कहती हो...
एक यात्रा के ख़त्म होने का
एक सुंदर मौत का जो मुझसे और
रिज़वाना से भी ज़्यादा मोहक हो

मगर क्यों...एक बेचैनी मुझे बेधने लगी
'क्यों नहीं मगर' पूछती है मुझसे ही एलीना
क्या है जो दुख से ज़्यादा स्थायी है
ज़्यादा सहिष्णु संवेदनशील साथ देने वाला
क्यों न वह चाहे उसे जो है
दुख का अंतिम पड़ावमृत्यु
जीवन तो ऊँघती हुई ऊब है उसके लिए अब
एक छल जिसमें जितना डूबो
उतनी ही बढ़ती जाती है उसकी गहराई
जितना चाहो उतनी ही रेत
भुरभुरी उदासी हाथ आती है

एरिक सब कुछ समझ चुका है

तभी स्थितप्रज्ञ वह बीतने दे रहा है ख़ुद को
जैसे अमरीका की असली नियति हो वह
न उसके माँ बाप याद करने लायक
न कोई घर जिसे वह कहे अपना
और अमरीका तो रेड इंडियन्स का घर है

वह इसे जानता है
इसलिए वह रहता है अपने
धुएँ हशीश और कविता में
इंतज़ार करता एक सहनीय अंत का

एलीना की इस तरफ़दारी में
एरिक के लिए उसका छुपा प्रेम झलका पहली बार
प्रेम में मृत्यु के लिए पहली ही बार
ऐसा सच्चा निवेदन देखा था
फिर भी यह सब कितना गड्डमड्ड है
सब कुछ एक ख़तरनाक ढलान पर जैसे
किसी तरह ठहरा हुआ

बर्फ़ से ढका यह द्वीप
इतना धवल उज्ज्वल होते हुए भी कितना रक्ताक्त है
लाल कत्थई नीला
क्यों जिम की जगह एरिक है
सुख की जगह दुख एलीना के लिए
क्यों शेरब्रुक की तरह नहीं हैं दूसरी जगहें यहाँ की
जहाँ एक दूसरे को चूमते हैं प्रेमी
बाँहों में डाले बाँहें चले जाते हैं
किसी अनंत में
बेफ़िक्री की सुनहरी सुबह की तरफ़
या फिर शेरब्रुक सुनहरा भ्रम है मेरा अपना

और वे चुंबन जीवन के अंतिम उच्छ्वास

गहरी साँस लेती हुई जैसे किसी नींद से जगी हो
एलीना कहती है
सिर्फ़ दुख अनंत है
प्रेम का अंत होना ही है किसी शैटगे में
किसी पोनी के खुरों के ठीक नीचे
शराब में डूबी किन्हीं आँखों में
जिनमें अपने देश का सपना अब भी मरा नहीं है
जहाँ अब अमरीका है विस्थापित किए हुए
एक दूसरे देश को
विशाल फैला हुआ था जो कभी
उनके जंगली भैंसों की चरागाह
आखेट स्थल उनके बच्चों का
स्वच्छंदता का अंतिम फैलाव था जो
मनुष्यता का...

वह शैटगे है जहाँ हम अभी हैं
यह सिर्फ़ एक जगह नहीं उत्तर अमरीका में
एक द्वीप बर्फ़ से ढँका
घिरा हुआ बर्फ़ की नदी से
यह एक पड़ाव है जीवन का
जिसे यातनाओं ने रचा है
जहाँ ख़ुद को नष्ट करना जीने का एक तरीक़ा है
ज़िंदगी जहाँ रिसती हुई बर्फ़ में मिलती जाती है

और हम जो यहाँ रहते हैं
जिनके न पोनी हैं न बच्चे
जिनको नहीं बचा सकती रोज़ भी
अपने बौद्ध संदेश से

जिनको नहीं आता ऊनी मोज़े और दस्ताने बुनना
जैसे नहीं आता यह जीवन जीना ही
सोचो उनके लिए शैटगे कैसा माकूल पड़ाव है
जीवन झाड़ देने का

और उधर पश्चिम की तरफ़
जहाँ एक छोटा-सा घर दिखता है
पेड़ों पत्तों के बीच भी कितना अकेला
ओढ़े कैसा सूनापन
उधर एलिस रहती है
अपने दो अपंग बच्चों और कई बिल्लियों के साथ
वह भी हमारी ही तरह दुख को समझती है
इसीलिए वह उसे अपने बाहर-भीतर जीने देती है
कह सकते हैं वह नहीं, दुख उसे जीता है

कभी-कभी ही भीतर उसके अराजकता लौटती है
छिन्न-भिन्न करती हुई उस कठोर संतुलन को
जो उसका जीवन है
जब चाहकर भी सुख के लिए विलाप करना
वह बंद नहीं कर पाती
नहीं त्याग पाती कामना
प्रेम, सौंदर्य और एरिक को पाने की
जो उसका पहला प्रेमी था
जो अब नहीं दे सकता किसी को कुछ भी
न रेड इंडियन्स को अमरीका
न सौंदर्य को प्रेम

अपनी ऊब और उदासी के सिवा एक शिथिल
देह ही बची है उसके पास
वह भी हशीश और कविता के लिए

जिसकी ज़रूरत नहीं अमरीका को

यथार्थ का यह कैसा
अपना ही दुःस्वप्न है
यानी एलीना का
जिसमें उसका एरिक
समय की आँखों में लुप्त हो चुका है
बचे रह गये हैं बस रेड इंडियन्स
मूल निवासी धरती के इस हिस्से के
जिन्हें उनके आँसू बचाते रहे हैं
रखते रहे हैं जो सपनीली आँखों को तर

स्वप्न और दुःस्वप्न का फ़ासला आख़िर
एक दो रातों का ही होता है
हो सकता है एक रात एरिक लौटे
एलीना के सपनों में
प्रेम और सच्चाई पर बातें करे
जिसमें से पूरी तरह ग़ायब हो
हशीश और अमेरिका
सारा विध्वंस सारी हिंसा

कामना उसे पाने की

एक साँस आती है
जाती है एक
एक संसार उम्मीदों पर सिर रखे
अपने दुःखों में स्पन्दित है
एक हवा लाती है सुख
एक ले जाती है अनजानी किसी घाटी में उसे
छोड़ आती है अपनी यात्रा के सारे चिह्न
पहाड़ों और पत्थरों पर कहीं
अपने पैरों का मुझे भी कुछ पता नहीं
किधर जाते हैं वे और क्यों
कविता ही ले जाती है मुझे जिधर वह चाहती
है आजकल

एक साँस आती है
जाती है एक
एक शरीर अपनी देह खोजता है
एक दुःख बदलता है उसे काया में
स्पन्दन में बची रहती है इच्छा
संसार करवटें बदलता है
ऋतुएँ अपने वस्त्र
छटपटाती रहती है तो बस कामना
उसे पाने की जो है ही नहीं कहीं

कहने की वेदना

आसमान था आज
सारा राय के बियाबान के आकाश जैसा
खद्दर चादर सा
बादलों के सफ़ेद डोरे से बुना गया
और यह जीवन एक संशय भर
भाषा भी संशयग्रस्त

एक धमाका जो हुआ था भीतर

मैं गयी लगातार सोचती हुई
कि जो कुछ कहने जा रही हूँ
पाने जो कुछ
वह कितना निर्भर है कहे जाने की शैली पर
कैसे कहूँगी वह बात जो सुने जाने पर ही आश्रित है
ज़रा भी ग़लत चली जुबान
आवाज़ हुई ढीली
कि बिगड़ जायेगी बात

कहना भी कैसे जीवन सा
उसे जीने की कला जैसा ही है
और सुने जाने पर तो कहे का कोई वश नहीं
वहाँ पर क्रूर स्वायत्तता है सुनने वाले की

यह सच है कई बातें सीधे सुन ली जाती हैं
कितनी लाचार अपने सीधेपन में होती हैं वे मगर
कई वर्षों इंतज़ार करती हैं
सही-सही सुने जाने की फ़िक्र में किसी तरह बची हुई
कितनी लाचार
अपने अर्थों की गिरह को खोलती बाँधती
स्पृहा से भरी सुनने वाले की स्वायत्तता के प्रति

ऐसे ही था मन आज खद्दर आसमान
फिलवक़्त यही बात थी मन को यूँ
खुरदुरा बनाए हुए
एक सादगी अपनी ही भीतर चुभती हुई

घड़ा चटाई हवा नदी

होने के बीच होना या कि बनना
बनने से होने का यह तारतम्य
जैसे घड़े के होने में
कितना उसका ख़ाली पेट

एक पहिया जैसे बनने में ही है
एक गोला
होने में बनने का यह कठिन उपक्रम
प्रकृति का असहज सम्मोहन
एक चटाई बुनी जाती हुई
हुई जाती है एक चटाई

एक अस्तित्व नदी के किनारे
होने को ढाल देता कैसे एक प्रवाह में
अथाह, दृष्टि से रखता है
कितना कुछ ओझल!

दस बरस की उम्र में ही समझ गयी थी
डूबते सूरज को देखती हुई
उसके उगने की कठोर निरन्तरता
होने को किए हुए है
किस तरह नियमबद्ध

होने न होने के बीच का होना
सहने की पीड़ा है बनने की
जिसके लिए भी होना एक होना है होने की
सोचती हूँ अब लगभग चालीस साल बाद
अब अगर हो सकूँ नदी में जल
वायु में वेग
तो बचूँ चटाई या घड़ा बनने से
पहिया तो रहा ही है पाँव अपना
ले जाने के लिए यहाँ से वहाँ...

अगर समझ सकूँ इस बीच
होने के लिए कितना बनना होगा और अभी
तो हवा से कहूँ
ठहरो ज़रा
रुको अभी

एक साँस बेसबब

कुछ दिन उसने रंगों को पहचानने में बिताये
कुछ दिन फूलों के नाम याद करने में
दिशाओं को समझने में कुछ दिन
कुछ दिन दूसरों को जिलाने और सँवारने में
आख़िर जब खुद पर निगाह डाली
एक वीरानी थी वहाँ
जिसे समझने के लिए पूरा जीवन भी कम था
बाक़ी चीज़ें इंतज़ार करती रहीं
जैसे प्यार और अभिसार
उन पर ग़ौर करने के लिए अब समय कहाँ था
एक जीवन इस तरह बेबसी पर ख़त्म हुआ
एक साँस बेसबब टूटी

रंग फूल दिशाएँ और लोग अपनी जगह रहे
जैसे वे सदा से थे
अपनी-अपनी जगह निर्मम

ईश्वर और स्त्री

जागी हुई देह और आसमान एक दर्पण
देखता होगा ईश्वर भी स्त्री के हाहाकार को
बदलने के लिए होगा उत्सुक अपनी ही कल्पना को
कि बनाये नहीं उसने वे पुरुष अब तक
ले सकें जो उसे बाँहों में

उनींदी आँखें बंद होने-होने को
खुलने के लिए तैयार मगर वे दरवाज़े
जिन्हें बचा रखा है अब तक रात ने
लहराता अंधकार मिल जाने देता है
अपने तम में एक और तम को
सारी वासना को जैसे स्त्री हो

चंद्रमा खिला रहता है आसमान में रात भर
सिमटा एक कोने में सब कुछ देखता सोचता
बदलेगा यह संसार अब स्त्री की कामना से ही
ईश्वर की नहीं इसमें अब कोई भूमिका

सच्ची कविता के लिए

वह जो अपने ही मांस की टोकरी
सिर पर उठाये जा रही है
और वह जो पिटने के बाद ही
खुल पाती है अंधकार की तरफ़
एक दरवाज़े सी
जैसे वह जो ले जाती है मेरी रातों से चुराकर
मेरे ही बिम्ब गिरती रात की तरह
सब अपनी अपनी राहों पर चलती हुई
कहाँ पहुँचती हैं
किन हदों तक
कविता की किन गलियों में गुम होने
या निकलने वैसे मैदानों की तरफ़
जिधर हवा बहती है जैसी और कहीं नहीं

देखना है आज के बाद
ख़ुद मैं कहाँ ठहरती हूँ
एक वेग सी
छोड़ती हुई सारे पड़ाव यातना और प्रेम के
किस जगह टिकती हूँ
एक पताके सी
इतिहास कहता है
स्त्री ने नहीं लिखे

अपनी आत्मा की यात्रा के वृत्तांत
उन्हें सिर्फ़ जिया महादुख की तरह
जी कर ही अब तक घटित किया
दिन और रात का होना
तारों का सपनों में बदलना
सभ्यताओं का टिके रहना
उत्सर्ग की चट्टानें बनकर

देखूँगी उन्हें जिन्होंने
उठाये अपने दुख जैसे हों वे दूसरों के
जो पिटीं ताकि खुल सके अंधकार का रहस्य
और वे जो ले गयीं मेरी रातों से उठाकर थोड़ी रात
ताकि कविता संभव कर सकें
कब और कैसे लौटती हैं अपनी देहों में
एक ईमानदार सामना के लिए
अपनी आत्मा को कैसे शांत करती हैं वे
तड़पती रही हैं जो पवित्र स्वीकार के लिए अब तक
कि सच्ची कविता के सिवा कोई दूसरी लिप्सा
विचलित न कर सकी उन्हें

उनके विलास के लिए

मेरे होने और देखने के बीच थी सारी सृष्टि
और मूर्च्छित पड़ा था उसका सत्य
मेरे होने और देखने के बीच थी एक स्त्री
और उसका दुख सत्य से बड़ा
इन सबसे ज़्यादा द्रवित करने वाला था
वह सच-सा दिखता झूठ
जो चाह रहा था अब अपना पवित्र रूप
सीधा सरल छद्म से भरा
पाप में लिप्त जैसा वह है वैसा

धँसना चाहता था सृष्टि की नींव में वह भी
थक चुका था जी-जी कर जीवन सत्य का
उस स्त्री की तरह ही
जिसे अब तक अपना दुख ही स्वाभाविक लगता रहा
जो चाहती है अब
सुख की एकांत निर्लिप्तता

मेरे होने और देखने के बीच
क्या-क्या पड़ा था क्या बताऊँ
तेज़ी से बदलता परिदृश्य
जिसमें जो कुछ अब तक था जैसा
उसका विस्थापन निश्चित था

दुख की शुचिता संदिग्ध थी
एक स्त्री सम्मिलित दिखती थी
अपने ही दमन के षड्यंत्र में फिर से
जिसमें मान लिया था उसने पुनः
पुरुषों को श्रेष्ठ जन और देवता
खोल दिया था अपना मिथ्यालय
उनके सतत विलास के लिए दोबारा

स्वप्न के फूल

इन दिनों वह जाती है जिधर कुछ गुनती हुई
जिधर का रुख़ वह करती है
उन बिस्तरों में ख़ालीपन के सिवा कुछ भी नहीं
सच्ची वासना पथराई हुई वहाँ
जगा नहीं सकती देह के सौंदर्य को जो

कमरे के किनारे की गोल मेज़ पर
सजे प्लास्टिक के फूलों की तरह
वह यथार्थ है जिसे वह कुछ और समझ बैठी है
कोई भरमाये हुए है उसको
जबकि वह जाये अगर अपनी प्रिय कविताओं की तरफ़
वे दिखा सकती हैं किस तरह चीज़ें रहती हैं
अपनी उदास कृत्रिमताओं में
कैसे एक ठंढे वध की तरह संभोग है वहाँ
हमारी लिप्साओं से कैसे
जन्म लेती हैं पुरुषार्थ की शक्तियाँ
महत्वाकांक्षाएँ किस तरह वेश्याएँ बनाती हैं

हमें जो चाहिए ऊष्मा जो ताप चाहिए हमें
वह मिलेगी हमें हमारी भाषा में ही
सदियों से जिसे हम बोलते आए हैं समझते भी
अपने बिस्तरों में हम आरामदेह नींद की फ़िक्र करें

खोजें अपनी वासना के सच्चे आनंदलोक को
कविता काफ़ी है हमें वहाँ ले जाने के लिए अभी

जीवन के हैं कितने ही दूसरे स्वप्न अब
रात के रंग में लिपटे हुए नीले-नीले फूल
चाँदनी रात में खेत लैवेंडर के ज्यों

और लो यह चली स्वर्ग से कैसी ठंडी हवा!
हिलने लगे हैं कितने फूल स्वप्न के देखो

बचा प्रकाश

किसी ने नहीं बताया था
संचित करूँ जुगनुओं से माँग कर
अपने लिए थोड़ा प्रकाश
उस सफ़र के लिए जिसमें आनी थीं
काली नदियाँ और अँधेरे मैदान

किसी ने नहीं कहा था
बचाने से ही बचती है स्मृति
और देह

रोशनी ने समझाया था एक दिन
बचाने से ही बचती है वह भी

मृत्यु की याद

यह तो हमारी जीने की बोदी ज़िद है
कि हम मृत्यु को प्रेम में बदल देते हैं
और यह सब हम जिस सादगी से करते हैं
ख़ामोशी भी सिर नवाती है
तकलीफ़ उठाने की सचमुच
कैसी तमीज़ होती है औरतों में

हम कैसे सौंदर्य को बचाये रखते हैं
मुक्ति के स्वप्न को
क्या बतायें
हमारे पास जो अनुभव हैं पराजय के
उनका किसी को ठीक-ठीक अंदाज़ा नहीं
रो लेते हैं रात के किस पहर हम
दिन के उजाले में कब उसको भी नकार देते हैं
सिर्फ़ हम जानते हैं

अनुभवों के लिए जाना पड़ता है
किस झूठ की तरफ हमें
किस सच से आँखें चुरानी पड़ती हैं क्या बतायें
सख़्त फैसलों को ठुकराकर
मनचाही दिशा में जाना
आँधियों को न्योता देने की तरह है

फिर भी हम कैसे
तूफ़ानों में भी चलते रहते हैं
जैसे यह हमारी सहज चाल हो

हमारी गर्दन पर लटकी रहती है जो तलवार हरदम
जाने हम कैसे बदल देते हैं उसे ऐसे अनुभव में
जिससे ग़ायब रहती है मृत्यु की याद
गंध हत्या की

चाँद तीर और अनश्वर स्त्री

अपने ही सपनों का पीछा करते हुए
कितनी ही रातों के रहस्यों का पता चला
जिनमें मैं अकेली और बेचैन
खुद से लड़ती करवटें बदलती रही
वर्षों तक मुझे पता नहीं था
मैं किससे लड़ रही थी
कौन था जो आखेट के लिए बुलाता था
कौन थे वे पशु जिनका अंत करने हर रात मैं निकलती थी
जिनकी आँखें अंधकार में हरी रोशनी सी चमकती थीं
जो मुझे ऐसे देखती थीं
जैसे उन्हें मेरा ही इंतज़ार हो

कई बार मुझे ऐसा लगता
वे मेरी ही आँखें थीं
जो मुझ तक हरे रंग में रँग कर आती
मुझमें लग जाने के लिए
अपनी आँखें मैं टटोलती तब
वहाँ रोशनी की जगह अंधकार होता
एक अंधापन
और मैं चीख़ने लगती
जाने किससे कहती
हटाओ यह पर्दा

अंधकार और प्रकाश के बीच जो पड़ा है
इस रात को हटाओ
जो धँसी है मेरी देह में
इन पशुओं को क़ाबू में लाओ
मुझे घेर कर जो खड़े हैं

कोई फिर कहता...
यह सब स्वप्न है यथार्थ नहीं
यहाँ कोई पर्दा नहीं
नहीं कोई क्षमा
यहाँ जीवन और मृत्यु एक समान हैं
ईश्वर और मनुष्य एक दूसरे का हिस्सा
यहाँ प्रेम और संभोग की
कोई पवित्रता या अपवित्रता नहीं
यहाँ आनन्द निर्बाध है
और दुख स्वच्छन्द
आँखों की यहाँ ज़रूरत नहीं
न किसी रोशनी की
यहाँ सब कुछ दिखता है बिन आँखों के
अंधकार ही ब्रह्म है यहाँ
स्वप्न ही जीवन
चलचित्र समान
वही है आख़िरी पर्दा
इसे हटाने को मत कहो
इसके बाद का इलाक़ा पूर्णतया अज्ञात है
अपरिचित इतना कि किसी को कुछ नहीं पता
मृत्यु को भी नहीं
कोई नहीं जानता वहाँ क्या है जीवन या सिर्फ़ हवा
या महज़ कुछ और विस्तार
मैं फिर भी कहती

मुझे देखना है इस आख़िरी पर्दे के पीछे का रहस्य
क्या स्वप्न का भी होता है कोई मुखौटा
उसका चेहरा भी कहीं वही तो नहीं
जिसे वह छिपाए हुए है
किसी कुष्ठग्रस्त राजा के दर्प सा

कभी-कभी यूँ ही चीख़ती परेशान
अँधेरे जंगलों में चलती जाती
देखती अपने ही पूर्वजों को
निरपेक्ष अपनी बेचैनियों से
अब भी उनके सरोकार होते उनके खेत आम के बाग़
हाथी घोड़े हीरे माणिक मोती
अब भी बटोरते दिखते वे शक्ति अपार
युद्ध और शांति के फ़ैसले करते
गिनते मृत योद्धाओं के अनगिनत शव
मुझे पहचनवाया जाता
ये फलां राय हैं वे फलां राजा
ये तुम्हारे ये लगते हैं वे, वे
कितनी ही आदतें जो मुझमें हैं बची
होतीं उनमें से किसी की
मेरी आँखें मेरा रंग मिलता उनमें से किसी से
बनी रहती फिर भी दूरी
लौट सकने में जिससे आसानी होती

कोई वैसा रोकता नहीं मुझे न कुछ कहता
बस एक हल्की सी हँसी ज़रूर दिखती
किसी के चेहरे पर एक आश्वस्ति ठहरी सी
भटकती ही सही मैं उन्हें मिली तो
लौटने पर फीकी-फीकी सी अनुभूति ही
मेरे भीतर बची मिलती

कुछ भी ऐसा नहीं कि उनके बीच फिर लौटूँ

एक बार मिली मुझे एक सुंदर स्त्री
जिसकी आँखों के नीचे था जमा सा अँधेरा
जो मुझसे लिपट-लिपट कहती वह मेरी है
बहुत अपनी
जिसके ऐसा कहने में थी एक परिचित पीड़ा
लगता जिससे वह जो कुछ भी चाहती है कहना
वह सत्य होगा
वह बस एक ही बात कहती
ले चलो सपनों के रास्ते ही है संभव अब मेरा लौटना
ले चलो मुझे अपने घर
वही है मेरा भी घर जो तुम्हारा
जहाँ से मुझे निर्वासित किया गया
मैं थी उस घर की बाल विधवा बहू
जिसके साथ प्रेम और अभिसार का
क्रूरतम खेल खेला गया
मैं एक बच्ची ही थी नासमझ
मुझे एक रात नष्ट किया गया
मेरे बच्चे की हत्या की गयी
और छोड़ दिया गया मुझे किसी जंगल में
जिसमें तुम आज तक भटकती हो
शायद मुझे खोजती
और जहाँ के ख़ूंखार जानवर भी
अभिशप्त हैं दया करने के लिए मुझ पर

मैं मरी नहीं, मैं बची हुई हूँ अब तक
घुमड़ती एक आवाज़ की तरह
जिसे तुम्हीं अकेली सुनती हो

मैं भटकती रही जंगलों जंगलों
खेतों से होती हुई
पार करती अनगिनत आम और जामुन के बाग़

मैं गयी शहरों तक गयी
नहीं बता पाया कोई मुझे मेरा गाँव
मैं अब भी पालना चाहती हूँ अपने बच्चे को
हासिल कर सके ताकि वह अपना संसार
समझ सके कस्तूरी की गंध
कितनी जोखिम भरी होती है ख़ुद हिरण के लिए

अक्सर मैं इसी सपने का पीछा करती
ताकि मिलूँ अपनी इस पूर्वज से दोबारा
जानूँ उसके भटकाव और दुख के दूसरे करुण प्रसंग
महसूस करूँ वहाँ व्याप्त उन पशुओं की साँस की गंध
जिससे नृशंसता की बू आती थी
जिनकी आँखों की हरी रोशनी
शायद मुझे डराने के लिए थी

लेकिन नहीं लौट पाती उस सपने में आसानी से
बदले में दिखता कोई और चरित्र
नृत्य करता हुआ जो आता मुझ तक
और डाल देता मेरे गले में एक हार
मुझे यह अभद्रता लगती
मैं निकाल फेंकती उसका यह बंधन
और वह रोता हुआ
मिट्टी में धँसता चला जाता
मैं चिल्लाती पूरी रात प्रयत्न करती उसे बचाने का
रोती हुई फिर बाहर आती इस हादसे से किसी तरह
पश्चाताप के पाताल में डूबी

कौन था वह कौन था कहती हुई

तभी दिखता हिरणों का एक झुंड स्वच्छन्द कुलाँचें भरता
मैं भूल जाती सब कुछ सारी हताशा पश्चाताप सारा
हो जाती उन्हीं के पीछे-पीछे होने शामिल उन्हीं के उल्लास में
तभी दिखता झाड़ी में तीर साधे कोई खड़ा
फिर अनन्त स्वप्न भर मैं उससे विनती करती
मत करो नष्ट इस सौंदर्य को
इस स्वच्छन्दता को बाधित मत करो
वह तीर नीचे रखता मुझे घसीटता हुआ ले जाता एक तरफ़
और आश्चर्य कि वह होता कितना अपना
मैं सोचती क्यों बना यह शिकारी
फिर सशंकित हो उठती
शायद यह है कोई और
जीवन से अधिक मृत्यु चाहने वाला

तभी अचानक जैसे वह बदल जाता किसी और व्यक्ति में
जाने क्यों परिचित लगता है वह
लम्बी काया पतली ऊँची नाक
गोरा सुन्दर चेहरा
सोचने लगी ऐसे व्यक्ति से कैसी अपेक्षा करूँ
कुछ अच्छा या फिर वही चिरपरिचित बुरा
तभी वह मेरी तरफ मुड़ता
एक विचित्र भाव चेहरे पर उसके
डराती सी आवाज़ में पूछता
कैसी है उसकी प्रिया वन-वन जो भटकती है

अचानक मुझमें एक रोष पैदा होता
"तो आख़िर तुम हो वह काम रूप
वास्तव में कुरूप नृशंस कायर क्रूर

स्त्री की मृत्यु चाहने वाले
तुम जिसे कभी प्रेम नहीं मिलना चाहिए था
जिसे भटकना चाहिए जन्मों-जन्मों अकेला
भूखा-प्यासा...''
''तुम तुम तुम...'' कहती हुई जैसे मैं नींद में लौटती
पीछे छोड़ती हुई सपने को
अपनी ही चीख़ से जागती आख़िर
भरी एक अफ़सोस से क्यों नहीं हिंसक हुई मैं
क्यों उसे और अपमानित नहीं किया
और अधिक अपमानित
मैं मिली ही क्यों उससे
कि तभी मुझे लगता शायद
वह ख़ुद ही मिलना चाहता था मुझसे
तभी तो चीर कर अंधकार के कितने मैदान
वह आया मेरी नींद तक
शायद वह सचमुच जानना चाहता था
अपनी आत्मा के उस अंश के बारे में
जिसमें पीड़ा ही पीड़ा थी
थे जिस पर घाव ही घाव

मगर उसके चेहरे पर तो दिखी नहीं कोई ग्लानि
अभी भी वह उसे बलात ही पाना चाहता था
मैंने अपने हाथों से अपने चेहरे को ढँका
अपनी बेचैनी कम करने के लिए शायद
और लगा जैसे मेरा चेहरा मेरा नहीं
वहाँ महसूस नहीं हुई अपनी ही आत्मीयता
मुझमें ख़ुद से ही जैसे एक अलगाव पैदा हो गया था
मेरा अपना ही कुछ ग़ैर हो गया था
हिंसा पर उतारू अपने ही ख़िलाफ़

अगली रातों में क्या कुछ घटित होगा
सोचकर मैं आशंकित थी
कुछ मौतें कोई युद्ध लम्बा जैसे छिड़ सकता था
और फिर मैं कितनी कितनी रातें
कई नींदों तक उसमें शामिल रहूँगी
युद्ध करती ढूँढ़ती कितनी ही हरी रौशनियों को
बनाती उन्हें अपनी आँखों का प्रकाश

वैसे मैंने ख़ुद को भी मरते हुए देखा है कई बार
कोई तीर मुझे ही भेद जाता है
और मैं नहीं देख पाती उसे
जो भेदता है मुझे
उसे देखने के लिए मैं लौटती हूँ
कितनी ही बार इस स्वप्न में
जानती हुई कुछ-कुछ वह कौन है
जानती हुई उसे मैं खोज लूँगी सपने के बाहर भी
कठोर रौशनियों के मैदानों में घोड़े पर सवार
वह मुझे धोखा न दे सकेगा
उसके पास बची हैं अनगिनत तितलियाँ मेरी
उसके भीतर अब भी उड़ती हुई

कितनी ही रातों का रहस्य इस तरह मैं जानती गयी
जिनसे यह जीवन सपनों की तरह खुलता गया
इस दौरान मैंने सीख लिया था आखेट में जीतना
पहचान लिया था हरी रोशनी वाली चमकती आँखों को
मृत अपनी देह से अलग कर लिया था ख़ुद को
मुझे भी आ गया था तीर चलाना
मैं आ-जा सकती थी सपनों के बाहर-भीतर
अंधकार को समझ चुकी थी मैं
उसकी मुक्ति में ही अब मेरा विहार था

मैं जान रही थी अब

आखेट के लिए बुलाता है अगर कोई मुझे
नहीं है भागना
शामिल होना है इस खेल में
आखेटक से डरना नहीं
यदि बचे रहना है

मुझे मालूम है अब खूब
रात और स्वप्न के मैदान में
तीर और चाँद मुझे देखा करेंगे
और मैं रहूँगी हिरणों के झुण्ड में शामिल
उनकी छलांगों के मुक्ति विलास में
लाँघती-फाँदती जंगल के जंगल

अब न तीर चल सकेंगे
न रात होगी और गहरी
एक दूधिया रोशनी में स्वप्न चलता रहेगा
भले चाँद देखता रहे मुझे एकटक
करता रहे अपनी कामना से मेरा शिकार
मैं उससे कहूँगी जैसे मैं कहूँगी हर आखेटक से
या फिर उस स्त्री से जो भटकती है
किन्हीं बियाबानों जंगलों में अब तक
मैं स्वयं काम हूँ स्वयं रति
अनश्वर स्त्री
संभव नहीं, नहीं मृत्यु मेरी

संभव नहीं लिखना

महीनों से लग रहा था
अब लिखना संभव नहीं
अब शामिल होना होगा किसी गति में
कुछ बदल रहा है
किन्हीं जंगलों में चले जाना होगा
जहाँ जीवन टकरा रहा है मृत्यु से

ठीक से देखना तो ज़रूरी है
किधर से आती है गोली
कौन गिरता है पहले
शब्द या कुछ और
पेड़ या फिर पेड़ सदृश्य मनुष्य
कौन हमें भयाकुल करता है ज़्यादा
भरता है अस्तित्व को नयी उद्विग्नता से

सोचती हुई यही कुछ-कुछ
असंपृक्त बाक़ी चीज़ों से
बढ़ी जा रही थी अपनी धुन में
कि दिखी एक बिल्ली चमकीली आँखों वाली
प्रवेश करती स्वप्ननुमा रात में
शब्द और अर्थ आवाज़ें थीं वहाँ धाँय-धाँय की

पल भर के लिए चौंधियायीं मेरी आँखें
विचलित मैं साथ हो गयी उसके
चलने लगी जैसे किसी सुरंग में
लाल नीले रंग में

अचानक टकरा गयी एक पत्थर से
जो दरअसल एक पारदर्शी शीशा था
दर्पण हो गया था जो कुछ पल के लिए

कारतूस

इतने वर्षों बाद
हमारे जंगलों खदानों खंदकों
आदि जीवन के झंखाड़ों से होता हुआ
उतर आया है आख़िर सारा ख़ून
हमारी बहसों की मासूमियत पर पसरता
खीजता हमारी विस्मृति पर

याद दिलाता किसी हिस्पानी कविता में
सुरक्षित एक बिम्ब की
जिसमें स्वप्न और दुःस्वप्न
एक ही रात के दो फूल होते हैं
एक ही देह की दो नग्नताएँ
जिन्हें अलग करने वाला कवि
अपने हाथों को लहूलुहान कर लेता है

फिर गाता है रात के कगार पर खड़े होकर
दुःस्वप्न के सहस्र फूलों के लिए
जो उसके हाथों नष्ट हो गये

रात देखती है अपनी सफ़ेद सुबहों की तरफ़
आश्वस्त बचे फूलों को सहेजे
चुपचाप वर्षों से पड़ा कारतूस

बंदूक में आग हो जाता है

इतना सारा ख़ून कहाँ ठहरा हुआ था
सोचता है एक पक्षी उड़ता जाता हुआ जंगल की बगल से

चुप लोगों की दुनिया

देर तक चुप रहते हैं इस दुनिया के लोग
होंठों पर शब्दों का पहाड़ लिये
लगातार बनाते भाषा को पथरीली
बचे रहने के लिए दुनिया की किताब में

वे इंतज़ार करते हैं अंधकार में
बिल्ली की चमकती आँखों की मानिंद
उस दृष्टि की जो मुक्त करेगी पूरी सदी को
भूख और अपमान से

उनके लिए दूर तक स्मृति की सुरंगों में
अंधकार है जंगल का
और उसमें डग भरती मृत्यु
वहाँ तक जहाँ तक जाती है दृष्टि
फैला है पीड़ा का
बेचैन मरु उनके लिए

अनिद्रा में

कुछ कम उदास करो मुझे मेरे देश
कुछ कम चाहो मुझसे
कितने बदहाल यहाँ के लोग
कितने कम लोगों की ख़ुशी के लिए
फ़ाक़ाज़दा दिन और वैसी ही रातें
कितने थोड़े भरे पेटों के लिए
जंगल के जंगल कारतूस और बंदूकों से लैस अब
रात भर जगे रहते हैं पेड़
कुछ बच नहीं पा रहा
न मर्द, न औरतें, न बच्चे
न रात, न उसका रहस्य

अंधकार प्लास्टिक के फूल सा मामूली वस्तु भर
स्वप्न बुलेट सी बिंधी एक आँख

अनिद्रा में तैयार हो रहा एक
नया देश

स्वप्न के ये राग

(सुदीप बनर्जी के लिए)

कोई आवाज़ ख़ुद को गाती थी
कोई पत्थर सुनता आया था उसे
कोई नदी उसका संगीत बनती आयी थी
मैं जानती थी मेरे जानने में बहुत कुछ और था
जिसे कहने के लिए एक जागी हुई रात चाहिए थी

मेरे जानने में सचमुच कितनी यादें थीं
पिछली सभ्यताओं में भोगे गये दुखों की
कितना बोध इतिहास के बदलने से बदले सच का
स्वप्न के उस राग का जिसे एक स्त्री
सदियों से गाये जा रही है

मेरे जानने में थीं तैरतीं कितनी अतृप्तियाँ मन को मथतीं
प्रेम के लिए मरी स्त्रियाँ त्रासदियों की नयी शक्लें
अपनी मासूमियत में बची अब तक
क्रूरताओं को ढके जैसे वे उनके ही ऐब हों

मेरे जानने में थीं अनेक वैसी यातनाएँ जिनसे वे पैदा हुईं
गरीब कातर पराधीन महत्वाकांक्षी वेश्याएँ
कुछ संयमित स्वाधीन मेहनती संतुलित इच्छाएँ
लेकिन थे कुछ वैसे भी विलक्षण लोग जानने में

जिनको याद करना स्वप्न के रागों को गाने जैसा है

मेरे जानने में है वह कवि
जिसकी कविताओं से मैंने बिम्ब चुराये
जिनसे मेरी रातें पूरी हुईं
कटीं बेचैन होती हुई उन्हीं के सहारे
मेरी कविता भी दिखी तभी अपनी संपूर्ण नग्नता में पूर्ण मुझे
मेरी आँखें चौंधियायीं खोजती रहीं नाहक किसी रहस्यमय प्रकाश को

मेरे जानने में है वह भी
जिसे मेरी कविताओं ने स्वयं चुना मेरे लिए
जिसे मैं ख़ुद चाहती थी
कोई साँस चाहे जैसे अपनी ही दूसरी साँस को
मगर मेरे चाहने से क्या कुछ कभी घटित हुआ
वह और दुरूह हुआ
गया दूर खोने किन्हीं और आलिंगनों में
ओस से भरी रात तभी रोती है वह रिक्त है
इतनी कि रिक्तता स्वयं चाहती है भर जाना
किसी उन्मादी प्रणय के अतिरेक से

और वह जो रात की अमर छाया सा पड़ता था
मेरी आत्मा में उगे चन्द्रमा पर
एक नाव जब पार कर रही होती थी
अपनी स्मृति की सबसे काली नदी
वह जानता था बहुत कुछ
जैसे वह जानता था
अपने बिस्तरों में तड़पती उन उनींदी इच्छाओं को
जो कभी पूर्ण नहीं होतीं
जैसे वह जो जानता है
भीलों और उनके जंगलों को

सभ्यता की कुल्हाड़ी जिन पर चलती है
गिराती रात-बिरात सैंकड़ों वर्ष पुराने शाल सागवान को
वह जानता है उस नदी को भी
जो कभी शकुन्तला होती है कभी इंद्रावती

यह सब जानना सचमुच कैसा अनुभव है
अनेकानेक ऐसे वृत्तांतों वाली सभ्यताओं को याद रख पाना
उनके एक भी दुख को ठीक से उन्हें भोगने जैसा ही है
और कौन भोग सकता है दूसरों का दुख
यदि स्वयं नहीं कवि
जो सुन लेता है कुल्हाड़ी की आवाज़
सागवान पर गिरने से पहले ही
देखता है जो एक बेचैन एकाग्रता में एक भील बच्चे को
अलकतरे की सड़क पर अकेले जाते हुए किसी खंदक की तरफ़
टाँगे अपनी अलमस्त पीठ पर किसी प्राचीन शिकारी की याद
उसके साज़ो सामान उपकरण शिकार के

और उसे जानना जो कवि नहीं था
मगर कितना कवि सा! कविता को जानने वाला
उसे जानना जानने को कितना गाढ़ा बनाता था
जो जाने अब कहाँ होगा किन आत्मीयताओं को खोजता
एक दिन पूरे जीवन को जिसने एक उदास रात बताया था
जिसकी जीवन्त आँखें शिथिल होने का भ्रम पैदा करती थीं
असहनीय थीं जो अपनी ठहरी-सी तन्मयता में
एक ठंडी सुबह जो आया था लौटाने
एक अलविदा के साथ मेरा हृदय
मेरे जानने में हमेशा बची रहेगी उसकी मानवीयता और ऊष्मा
उसकी आवाज़ घुमड़ती रहेगी जिसमें उसने मुझे
नाज़िम की कविताएँ सुनायीं जैसे उन्हीं के स्वर में
मेरे जानने में इस तरह शामिल हैं

सभ्यताओं से छनकर आयी तरह-तरह की पीड़ा
सत्य के छल-छद्म और उसके अनगिनत रूप
अप्राप्य प्रेम और उसकी लालसा
डबडबाई नदियाँ कादम्बरी शकुंतला
और वे सब जिन्हें कुछ कुछ पता है उन काली रातों का
जिसमें स्वप्न गाते हैं अपने रागों को
सुनती है जिन्हें रात जगी रहती है जो उनकी नींदों में सदा
जिसमें जंगल के जंगल कटते हैं
भीलों के शव शीशम और शालवृक्ष गिरते हैं
मनुष्य की जैसे मनुष्यता

मेरे जानने में हैं ढेर सारी और बातें
लिखी जायेंगी जो और कभी
अभी तो एक टीस है एक अतृप्ति जो भरे हुए है सारे अस्तित्व को
जैसे यह सृष्टि है ही रोने और दहकने की कोई ख़ास जगह
जैसे राग होते ही हैं रुदन को सहनीय बनाने के लिए
उन्हें बदलने के लिए किन्हीं और अनुभवों में
जिससे बची रहे दुख की पवित्रता

और स्वप्न...
उनके दमित असंख्य दूसरे राग
उनके बारे में भी और
कभी और सही
अभी तो फ़िक्र है इसी साँस की जो बेआवाज़ चलती है
एक नीला रंग जिसमें घुलता है
जिससे अंदेशा होता है कहीं है आसपास ही समुद्र कोई
जिसकी उठती गिरती लहरें हैं वे औरतें
वे रागिनियाँ अतृप्तियाँ वे, सुनहरी वैसी आकृतियाँ
जिनमें मेरा एक देश भी है
यहाँ से दिखता है जो जैसे कोई स्वप्न चलता हुआ

हज़ार हज़ार दुश्वारियों से भरा
जवान होती उस लड़की की तरह
धीरे-धीरे जिसकी छातियाँ भर रही हों

मेरे स्वप्न मेरे प्रेम मेरे ज्ञान के मर्मर
लौटना ही होगा हमें कल दूसरे रागों के संग
जब यह रात जो जीवन है
बिल्कुल चुप होगी
और हम सुन सकेंगे सागवानों के गिरने की आवाज़
जैसे अपनी ही भूलें भीतर के किसी जंगल में

।।

हम लौट ही आये हैं फिर
इस रात उन रागों के लिए
जिन्हें जंगल गाते हैं
सभ्यताओं के आत्मतोष के लिए
उनके सम्मोहन को बनाए रखने के लिए

बची रही हैं कितनी ही प्रजातियाँ
कितने पेड़ अब भी गाते हैं प्राचीनतम गीत
जिनके रागों के नाम अब किसी को याद नहीं

इस रात जब हम लौटे हैं
पत्तों की नसों में ठहरे ख़ून को टटोलने
जब स्वप्न अपनी आँखें मूँद
बेख़बर रात से
कुछ और देख रहा है
जब उसके और यथार्थ के बीच की झिल्ली
हमारी आँखों में उतर आयी है

और हम साफ़-साफ़ देखने का स्वांग नहीं कर रहे

इस रात सुनना देखने से बड़ी क्रिया है

इस रात हम सुन पा रहे हैं अभी से ही
झींगुरों के मैथुन स्वर झन-झन
कुछ और भी आवाज़ें
अनगिनत स्वर जंगलों में जो सदा से रहे हैं उनकी पहचान की तरह
आज रात जो स्वर हम सुन सकेंगे विस्तार से
वह जिसे कोई सुनता नहीं इस स्वतंत्र देश में
यह आवाज़ उनकी है जिनकी हालत बद से बदतर होती गयी है

इस आवाज़ में एक रोष है
एक अजीब आग सुलगती लकड़ी में ज्यों बची हुई
जिसकी लहक से जल जा सकता है सारा जंगल
उनकी बातों में एक ईमानदारी है
एक खरज
जो नहीं पा सकते हम उन गर्वीली आवाज़ों में भी
जो उठती हैं तो सिर्फ़ दमन के लिए

हम सुनें आज उस स्वर को
जो मौतों, आत्महत्याओं, विलापों के बाद भी घुमड़ता रहता है
जैसे भूख की आवाज़ बदहवास
इस आँत से उस आँत में
दुःस्वप्न के इस राग को हम सुनें आज रात
जो है उनके आश्चर्य में जैसे क्षोभ में
कि किसने सचमुच याद किया है उन्हें
उन्हें समझने के लिए, दया करने के लिए नहीं

आश्चर्य है उन्हें कि हैं कुछ लोग अब भी

जो जानते हैं मनुष्य को उसकी मनुष्यता में
कि मनुष्य होते हैं कुछ करने के लिए रचने के लिए कुछ सुंदर
गोलियों से भून दिए जाने के लिए नहीं
हालाँकि वे यह भी जानते हैं कि पीड़ा सहने से
जैसे बनता है जीवन का एक स्वर
वैसे ही प्रतिरोध करने से भी
तभी तो बची रही हैं कितनी ही प्रजातियाँ इस विश्व की
जैसे मुंडा, भील, गोंड, उराँव अपने देश की
जिनके दुःखों से ही आँखों का पानी बना
जिनकी चीत्कारों से बनी तरह-तरह की आवाज़ें
बस गयीं जो चिड़ियों, मेढकों, हिरणों और
न जाने कितने दूसरे जीवों के कंठों में
जिनके थके बिंधे शरीरों से श्रम उपजा
नदियाँ, जंगल, खेत जिनकी सिसकियों से सींचे गये

यह तो किसी दिकू की समझ के बाहर की बात है
मगर जो लौटे हैं सुनने स्वप्न के दूसरे रागों को
उन्हें तो सुनना ही होगा दुःस्वप्न के इस राग को भी
आत्मकथा की तरह जो ढोल की थाप पर
देश की आत्मा के बहुत भीतर बजता रहा है
जिसे लिखना भाषा की अपर्याप्तता को दर्शाने जैसा है

ढोल की आवाज़ को हम कैसे लिख सकते हैं
कैसे लिख सकते हैं बलात्कार की आवाज़ों को
इन्हें लिखने वाले सिर्फ़ रो सकते हैं
और ये कितनों के रोने और तड़पने के साक्षी
कितनों की पराजय की पीड़ा में शामिल
कटते पेड़ों की तरह कटती देहों को
इन्होंने देखा है
देखा है अपने बच्चों की हत्या होते

थप्पड़ खाते दिकू लोगों के हाथों
बेगार करते मिटते अपने भविष्य को
अपनी ज़मीनों का जाना जिन्होंने देखा
अपनी औरतों का नष्ट होना
ज्यों मिट्‌टी हो जाना

वे ही कह सकते हैं एक स्वर उन्होंने बचा रखा है
कहने के लिए कि कितना ज़रूरी है
इस संसार को अपनी ही ख़ूँरेज़ी से बचाना
वे कह रहे हैं या कि गा रहे हैं
कि वे पुराने हैं बहुत पुराने
उन्होंने देखे हैं छह सौ चालीस चाँद
और भगवान का मरना भी
जबकि बिरसा भगवान मर नहीं सकता
जब तक तीर है और निशाना
जब तक आता है इन्हें विषकंटक से विष निकालना
पकाना उसे तीर पर लगाना

यह भी आत्मकथा कहने जैसा है
ढोल की थाप सा
अलबत्ता अलग ढंग से

वे हैरान हैं कैसे इस रात
यूँ इकट्‌ठा हुए हैं ऐसे लोग जो सुनना चाहते हैं
स्वप्न के बचे-खुचे रागों को
पुरानी नयी कथाओं में जो सुप्त पड़े हैं
उन्हें चिंता है सारी बातों को ठीक से कहने की
वे जानते हैं कह पाने में ही होती हैं बातें
जैसे कहने के ढंग से ही संभव होती है कथा
जैसे सुनने और कहने में ही है यह सृष्टि

सुनने और बजने में है जैसे अस्तित्व ढोल का

मगर कही जा रही हैं जो बातें यहाँ
चाहिए उन्हें सुनने के लिए दूसरे कान
सुन सकें जो आवाज़ें भिन्नता की
सुनने के साथ-साथ जो सोचें
प्रकृति और समाज के बीच
नये अनुबंध की दरकार पर
क्यों प्रजातंत्र बोलने और सुनने की स्वतंत्रता के अलावा
सुनिश्चित करे सह-जीवन तमाम जीवों का

आज जब हम एकत्र हुए हैं
सुनने के लिए उन रागों को
जिन्हें जंगल गाते हैं
अपने जीवों के आत्मतोष के लिए
हम न छोड़ें बातें अगली रातों के लिए
न सुनें एक चुप में गिरते सागवानों की आवाज़ें
भीतर गिरती अपनी ही भूलों की तरह

हम तय करें आज ही, अभी
जब रात जो जीवन है, फैली हर सिम्त
और स्वप्न शामिल कॉमरेड की तरह
हमारी बातचीत में
कि हम दाख़िल होंगे अपने होने के नये दौर में
अपनी ज़मीनों कथाओं से विस्थापित होकर नहीं
बल्कि निकलकर ढोल की आवाज़ों के साथ
उसे ज़ोर से बजाते हुए

अप्रत्याशित

इस स्वप्न समय में
गिरती हैं कैसी वे इच्छाएँ
अपूर्ण रहीं जो
वे नग्नताएँ आत्मा की
तड़पती रहीं जो वस्त्र के लिए
वे रोशनियाँ जो किन्हीं आँखों से निकल
चली थीं कहीं के लिए

गिरती हैं कैसे वे मीनारें हीरे-मोतियों से जड़ी
न जाने और कितने रत्नों से
लगती थीं वे बनायी गयी थीं अमर होने के लिए
वे सच्चाइयाँ भी कितनी पस्त
किसी घायल पक्षी की तरह आ गिरती हैं
हमारे इस समय में
जिन्हें इतिहास की खंदकों-खाइयों में
भटकना पड़ता है सच बने रहने के लिए

एक काल-खण्ड सिमट रहा है
शुरू होने के लिए नये सिरे से
स्वप्न में देख रही हैं आँखें एक अप्रत्याशित दृश्य

स्वप्न समय

यूँ स्वप्न से शुरू हुआ यह जीवन
जैसे कि इसके पहले कुछ और न था
चेतना थी तो स्वप्न की ही
नीली सफ़ेद कहीं चितकबरी
किसी भूरे विस्तार में अधलेटी
अलसाई उठती फिर गिरती किसी नींद में

विस्तार यानी ख़ालीपन
न रंग न गंध
सरसराती हवा सी एक हरकत
जिसमें भरता गया अर्थ
यानी कंपन
जिससे स्वप्न-समय बना
नदियाँ और जंगल
और उनमें बहती हवा
स्त्री वासना जीवन असंख्य
उनकी तृष्णा
जितनी बार शब्द हिलते
जितनी बार यह समय
देखता झिलमिल चेतना को
अपनी अलसाई आँखों से
वह उठती नग्न उठने की चेष्टा में

जगती फिर गिरती
उसी में
नींद में
विस्तार थी जो रंगहीन गंधहीन
और था वह ग्रीवाविहीन
पहने हार
पहने वस्त्र जो अशरीरी था

वे स्वप्न आँखें
बादलों से बनीं उन्हीं की तरह जल से भरीं
ढके नदियों जंगलों को
उनके जीवों को
अपनी चादर से
अपनी करुणा से बल्कि

देखना शुरू करती हैं जो जब से
तब से सृष्टि है यह वैसी
दिखती जैसी उस आईने में
जिसमें शब्द और उसके काँपते नकार दिखते हैं
ध्वनि और स्वर
चीत्कार और करुण पुकार से फिर
शुरू होता है वह सब कुछ
जिसे हम जानते हैं
वह स्वप्न
जिसे न आँखें चाहिए
न रात

एक दृश्य

पानी पर ज्यूँ गिरता हो पानी
छाया पर गिरती हो छाया
बिम्बों पर प्रक्षेपित होते हों दूसरे बिम्ब
एक उदासी मढ़ती हो दूसरी को

यह सब मैंने ऐसे देखा जैसे यह कहीं और घटित हो रहा हो

नीला विस्तार

बस कुछ और दूर चलकर
छूट जायेगा हमारा साथ मेरी कविता
तुम्हें जाना होगा वहाँ
जहाँ समुद्र लहरा रहा होगा
जहाँ स्वप्न जाग रहे होंगे
जहाँ एक स्त्री लाँघ रही होगी एक अलंघ्य प्यास

वहाँ पहुँचकर मुड़ना होगा मेरी तरफ़ तुम्हें
कम से कम एक बार
बताना होगा क्या स्वप्न और स्त्री एक ही हैं–
रात के दो फूल
दो दीप अंधकार के
जिनके जलने से तारे रोशनी पाते हैं
आकाश सजता है जिनसे हर रात

बताना क्या रिश्ता है उनका आपस में
क्या स्त्री सचमुच रात है जैसा मैं जानती हूँ
या रात में स्वप्न है वह

एक नीला विस्तार
अज्ञात है जिसका ज़्यादातर हिस्सा

●●●